D0543379

Le passage

Louis Sachar

Le passage

Traduction de l'américain de
Jean-François Ménard

Médium
11, rue de Sèvres, Paris 6ᵉ

ISBN 978-2-211-05287-0
© 2000, l'école des loisirs, Paris
© 1998, Louis Sachar
Titre original « Holes » (Farrar, Straus & Giroux, New York)
Loi n° 49.956 du 16 juillet 1949 sur les publications
destinées à la jeunesse : avril 2000
Dépôt légal : mars 2009
Imprimé en France par CPI Firmin Didot
à Mesnil-sur-l'Estrée (94238)

Pour Sherre, Jessica, Lori, Kathleen et Emily.

Et à Judy Allen,
Une maîtresse d'école qui a beaucoup à nous apprendre.

PREMIÈRE PARTIE

VOUS ENTREZ
AU CAMP DU LAC VERT

1

Il n'y a pas de lac au Camp du Lac vert. Autrefois, il y en avait un, le plus grand lac du Texas. C'était il y a plus de cent ans. Maintenant, ce n'est plus qu'une terre sèche, plate, désolée.

Il y avait aussi une ville, au Lac vert. La ville a dépéri et s'est desséchée en même temps que le lac et les gens qui y habitaient.

En été, dans la journée, la température tourne autour de trente-cinq degrés à l'ombre – quand on en trouve. Les grands lacs asséchés n'offrent pas beaucoup d'ombre.

Les seuls arbres des environs sont deux vieux chênes plantés sur la rive est du «lac». Un hamac est accroché entre les deux troncs et on voit une cabane en rondins un peu plus loin.

Les campeurs n'ont pas le droit de s'allonger dans le hamac. Il appartient au Directeur. L'ombre est sa propriété exclusive.

Sur le lac, les serpents à sonnette et les scorpions trouvent de l'ombre sous les rochers et dans les trous que creusent les campeurs.

Voici une règle dont il est bon de se souvenir à propos des serpents à sonnette et des scorpions : quand on les laisse tranquilles, eux aussi vous laissent tranquille.

En principe.

Être mordu par un serpent à sonnette ou piqué par un scorpion n'est pas la pire chose qui puisse vous arriver. On n'en meurt pas.

En principe.

Parfois, un campeur essaie de se faire piquer par un scorpion, ou même mordre par un petit serpent à sonnette. Comme ça, il passera un ou deux jours à se reposer dans sa tente au lieu d'être obligé de creuser des trous dans le lac.

En revanche, personne n'a envie de se faire mordre par un lézard à taches jaunes. Ça, c'est la pire chose qui puisse vous arriver. On en meurt dans de longues et terribles souffrances.

À coup sûr.

Quand on se fait mordre par un lézard à taches jaunes, il vaut encore mieux aller s'allonger dans le hamac, à l'ombre des chênes.

Parce que personne ne pourra plus rien faire pour vous.

2

Le lecteur se demande sans doute : qui donc aurait l'envie d'aller faire un séjour au Camp du Lac vert ?

Mais la plupart de ses pensionnaires n'ont pas le choix. Le Camp du Lac vert est destiné aux mauvais garçons.

Si on prend un mauvais garçon et qu'on l'oblige à creuser tous les jours un trou en plein soleil, il finira par devenir un gentil garçon.

C'est ce que pensent certaines personnes.

Stanley Yelnats avait eu le choix. Le juge lui avait dit : « Ou bien vous allez en prison, ou bien vous allez au Camp du Lac vert. »

Stanley était né dans une famille pauvre. Il n'avait jamais fait de camping.

3

Stanley Yelnats était le seul passager du car, sans compter le chauffeur et le gardien. Le gardien, assis à côté du chauffeur, avait tourné son siège pour faire face à Stanley. Il avait un fusil posé sur les genoux.

Stanley était assis dix rangées plus loin, menotté à son accoudoir. Son sac à dos était posé sur le siège d'à côté. Il contenait sa brosse à dents, un tube de dentifrice et une boîte avec du papier à lettres, des enveloppes et un stylo, que sa mère lui avait donnée. Il lui avait promis de lui écrire au moins une fois par semaine.

Il regarda par la fenêtre, bien qu'il n'y eût pas grand-chose à voir — surtout des prairies et des champs de coton. Il était parti pour nulle part et le chemin était long. Le car n'était pas climatisé et l'air chaud et lourd était presque aussi oppressant que les menottes.

Stanley et ses parents avaient essayé de faire comme s'il partait simplement en camp de vacances pendant quelque temps, comme les enfants des familles qui avaient les moyens. Quand Stanley était plus jeune, il jouait avec des animaux en peluche en imaginant qu'ils étaient dans un camp de vacances. Il l'avait appelé le Camp de la Fête et des Jeux. Parfois, il faisait jouer ses peluches au football avec une bille. Ou alors, il leur faisait faire des courses d'obstacles ou du saut à l'élastique au bord de la table en les attachant à de vieux bouts de caoutchouc. À présent, Stanley essayait de se persuader qu'il allait pour de bon passer des vacances au Camp de la Fête et des Jeux. Peut-être qu'il s'y ferait des amis, pensait-il. Et au moins, il pourrait toujours aller nager dans le lac.

Chez lui, il n'avait pas d'amis du tout. Il était un peu trop gros et les élèves du collège se moquaient souvent de son embonpoint. Même ses professeurs faisaient parfois des remarques cruelles sans même s'en rendre compte. Le dernier jour qu'il avait passé à l'école, son professeur de maths, Mrs Bell, avait fait un cours sur les grandeurs proportionnelles. À titre d'exemple, elle avait pris le plus gros élève et le plus léger de la classe et leur avait demandé de se peser. Stanley pesait trois fois plus que son camarade. Mrs Bell avait écrit la proportion au tableau, 3/1 sans s'apercevoir à quel point la situation était gênante pour tous les deux.

Un peu plus tard ce même jour, Stanley avait été arrêté.

Il regarda le gardien tassé sur son siège et se demanda s'il s'était endormi. L'homme portait des lunettes de soleil. Stanley ne pouvait pas voir ses yeux.

Stanley n'avait rien d'un voyou et il était innocent du délit pour lequel on l'avait arrêté. Il s'était simplement trouvé au mauvais endroit au mauvais moment.

Tout ça, c'était la faute de son horrible-abominable-vaurien-d'arrière-arrière-grand-père-voleur-de-cochon.

D'après ce qu'on disait dans la famille, son arrière-arrière-grand-père avait un jour volé un cochon à une tzigane unijambiste qui s'était vengée en lui jetant un mauvais sort, à lui et à tous ses descendants. Bien entendu, Stanley et ses parents ne croyaient pas aux mauvais sorts mais chaque fois que les choses allaient mal, ils étaient quand même soulagés d'avoir quelqu'un à blâmer.

Et les choses allaient très souvent mal. Dans la famille, il y en avait toujours un qui se trouvait au mauvais endroit au mauvais moment.

Stanley contempla par la fenêtre l'immense paysage vide. Il regardait la courbure des fils du téléphone qui descendaient et remontaient régulièrement entre les poteaux, le long de la route. Dans sa tête, il entendait la voix rude de son père lui chantonner doucement:

« Si seulement, si seulement », soupire le pivert
« L'écorce des arbres était un peu plus tendre »,
Tandis que le loup est là à attendre,
Affamé et solitaire,
En hurlant à la luu-uuuuu-uuuune,
« Si seulement, si seulement. »

C'était une chanson que son père avait l'habitude de lui chanter. La mélodie était douce et mélancolique, mais le passage préféré de Stanley, c'était quand son père chantait le mot «lune» en imitant le hurlement du loup.

Le car passa sur un nid-de-poule et le gardien se redressa aussitôt, les sens en alerte.

Le père de Stanley était inventeur. Pour réussir dans ce métier, il faut trois qualités : l'intelligence, la persévérance et un tout petit peu de chance.

Le père de Stanley était intelligent et possédait des trésors de persévérance. Une fois qu'il s'était lancé dans un projet, il y travaillait pendant des années et passait souvent des jours et des nuits sans dormir. Mais il n'avait jamais de chance.

Et chaque fois qu'une de ses expériences ratait, Stanley l'entendait maudire son horrible-abominable-arrière-grand-père-voleur-de-cochon.

Le père de Stanley s'appelait également Stanley Yelnats. Son nom complet, c'était Stanley Yelnats III. Notre Stanley, lui, s'appelle Stanley Yelnats IV.

Tout le monde dans sa famille avait toujours été très attaché au fait que «Stanley Yelnats» s'écrivait de la même façon de gauche à droite et de droite à gauche. Aussi était-il de tradition de prénommer tous les garçons Stanley. Stanley était fils unique, comme l'avaient été les autres Stanley Yelnats avant lui.

Ils avaient tous quelque chose d'autre en commun. En dépit de leur terrible malchance, ils gardaient toujours de l'espoir. Comme aimait à le dire le père de Stanley : «L'échec m'apprend beaucoup.»

Mais cela faisait peut-être partie du mauvais sort. Si Stanley et son père n'avaient plus eu d'espoir, ils auraient moins souffert chaque fois que leurs espoirs étaient anéantis.

«Les Stanley Yelnats n'ont pas tous connu l'échec», faisait souvent remarquer la mère de Stanley lorsque son père ou lui se montraient si découragés qu'ils commençaient à croire véritablement à l'existence de ce mauvais sort. Le premier des Stanley Yelnats, l'arrière-grand-père de Stanley, avait fait fortune à la Bourse. «Ça prouve qu'il n'était pas si malchanceux», assurait sa mère.

Lorsqu'elle disait cela, elle omettait de mentionner le malheur qui avait frappé ce premier Stanley Yelnats. Il avait en effet perdu toute sa fortune en quittant New York pour aller s'installer en Californie. La diligence dans laquelle il voyageait avait été dévalisée par Kate Barlow, une femme hors-la-loi surnommée «l'Embrasseuse».

Sans ce triste épisode, la famille de Stanley aurait vécu au bord de la mer, dans une somptueuse villa californienne. Au lieu de cela, ils étaient entassés dans un minuscule appartement qui sentait les pieds et le caoutchouc brûlé.

Si seulement, si seulement…

L'appartement avait cette odeur parce que le père de Stanley essayait d'inventer un moyen de recycler les vieilles chaussures de basket.

— Il y a des fortunes à faire dans le recyclage des vieilles baskets, disait-il souvent.

C'était ce dernier projet en date qui avait conduit à l'arrestation de Stanley.

La route n'était plus goudronnée et le car cahotait de plus en plus.

En fait, Stanley avait été très impressionné en

découvrant pour la première fois que son arrière-grand-père avait été dévalisé par Kate Barlow «l'Embrasseuse». Il aurait préféré, sans aucun doute, habiter sur une plage de Californie, mais il était quand même appréciable de compter dans la famille quelqu'un qui avait été attaqué par un célèbre hors-la-loi.

Kate Barlow n'avait pas embrassé l'arrière-grand-père de Stanley. Il aurait trouvé cela encore plus flatteur, mais Kate n'embrassait que les hommes qu'elle tuait. En l'occurrence, elle s'était contentée de lui voler tout ce qu'il avait et de l'abandonner seul au milieu du désert.

— Il a eu de la chance de survivre, avait aussitôt fait remarquer la mère de Stanley.

Le car ralentissait. Le gardien s'étira en poussant un grognement.

— Bienvenue au Camp du Lac vert, dit le chauffeur.

Stanley jeta un coup d'œil à travers la vitre sale. Il ne voyait pas de lac.

Et il n'y avait pas grand-chose de vert.

4

Stanley se sentait un peu hébété quand le gardien le libéra de ses menottes et le fit descendre du car. Le voyage avait duré plus de huit heures.

— Fais attention, dit le chauffeur lorsque Stanley descendit les marches.

Stanley ne savait pas s'il lui conseillait de faire attention en descendant les marches ou de faire attention quand il serait au Camp du Lac vert.

— Merci pour la balade, répondit-il.

Il avait la bouche sèche et sa gorge lui faisait mal. Il posa le pied sur le sol dur et sec. Les menottes lui avaient laissé un bracelet de sueur autour des poignets.

Le paysage était nu, désolé. Il vit quelques bâtiments délabrés et des tentes. Plus loin, il y avait une cabane en rondins derrière deux grands arbres. C'étaient les seuls végétaux qu'il pouvait apercevoir alentour. Il n'y avait même pas de mauvaises herbes.

Le gardien conduisit Stanley jusqu'à un petit bâtiment. À l'entrée, une pancarte indiquait: Vous ENTREZ DANS LE CAMP DU LAC VERT CENTRE D'ÉDUCATION POUR JEUNES DÉLINQUANTS. À côté, une autre pancarte précisait qu'en vertu du code pénal du Texas, il était interdit d'introduire dans cette enceinte des armes à feu, des armes blanches, des explosifs, de la drogue ou de l'alcool.

«On s'en serait douté!» ne put s'empêcher de penser Stanley en lisant la pancarte.

Le gardien l'accompagna à l'intérieur du bâtiment où il sentit avec soulagement la fraîcheur de l'air conditionné.

Un homme était assis, les pieds sur son bureau. Lorsque Stanley et son gardien entrèrent, il tourna la tête vers eux sans changer de position. Bien qu'il fût à l'intérieur, il portait des lunettes de soleil et un chapeau de cow-boy. Il avait également une canette de soda à la main. En la voyant, Stanley se rendit compte à quel point il avait soif.

Il attendit pendant que le gardien donnait à l'homme des papiers à signer.

— Vous en avez, des graines de tournesol, dit le gardien.

Stanley remarqua un sac de jute rempli de graines de tournesol, posé par terre à côté du bureau.

— J'ai arrêté de fumer il y a un mois, dit l'homme au chapeau de cow-boy.

Il avait sur le bras un tatouage représentant un serpent à sonnette et, lorsqu'il signa le papier, on aurait dit que le serpent se tortillait.

— Je fumais un paquet par jour, reprit l'homme. Maintenant, je mange un sac de graines par semaine.

Le gardien éclata de rire.

Il devait y avoir un petit réfrigérateur derrière le bureau, car l'homme au chapeau de cow-boy venait de sortir deux autres canettes de soda. Pendant un instant, Stanley espéra que l'une d'elles lui était peut-être destinée, mais l'homme en donna une au gardien et lui dit que l'autre était pour le chauffeur du car.

— Neuf heures pour venir jusqu'ici et maintenant, encore neuf heures pour retourner là-bas, grommela le gardien. Quelle journée!

En songeant à ce long et pénible voyage en car, Stanley éprouva un peu de compassion pour le gardien et le chauffeur.

L'homme au chapeau de cow-boy cracha des écorces de graines de tournesol dans une corbeille à papiers. Puis il se leva et contourna son bureau pour s'approcher de Stanley.

— Je m'appelle Mr Monsieur, dit-il. Chaque fois que tu t'adresseras à moi, il faudra m'appeler par mon nom, c'est compris?

Stanley hésita.

— Heu... oui, Mr Monsieur, dit-il, bien qu'il lui fût impossible de croire que l'homme s'appelait vraiment ainsi.

— Ici, tu n'es plus chez les Girl Scouts, ajouta Mr Monsieur.

Stanley dut se déshabiller devant Mr Monsieur pour que celui-ci vérifie qu'il n'avait rien caché. Il lui donna ensuite deux tenues complètes et une serviette. Chaque tenue était constituée d'un survêtement orange à manches longues, d'un T-shirt également orange et d'une paire de chaussettes jaunes. Stanley n'était pas sûr que les chaussettes aient été jaunes à l'origine.

Il lui donna également une paire de baskets blanches, une casquette orange et un bidon en plastique épais qui était malheureusement vide. Un morceau de tissu avait été cousu à l'arrière de la casquette pour protéger la nuque.

Stanley s'habilla. Ses nouveaux vêtements sentaient le savon.

Mr Monsieur lui indiqua qu'il devait utiliser une des tenues pour travailler et l'autre pour les moments de repos. La lessive avait lieu tous les trois jours. Ce jour-là, sa tenue de travail serait lavée. L'autre tenue deviendrait alors celle qu'il devrait porter pendant les heures de travail et on lui donnerait des vêtements propres pour les moments de repos.

— Il faudra creuser un trou chaque jour, y compris le samedi et le dimanche. Chaque trou devra faire un mètre cinquante de profondeur et un mètre cinquante de diamètre. La pelle te servira à mesurer ton trou pour vérifier qu'il fait bien la taille réglementaire. Le petit-déjeuner est servi à 4 h 30 du matin.

Stanley avait dû paraître surpris, car Mr Monsieur lui expliqua qu'ils commençaient tôt pour éviter les heures les plus chaudes de la journée.

— Personne ne va te dorloter, ajouta-t-il. Il n'y a pas de baby-sitter, ici. Plus tu mettras de temps à creuser ton trou, plus tu resteras longtemps au soleil. Si jamais tu trouves quelque chose d'intéressant en creusant, il faut immédiatement me l'apporter ou l'apporter à un autre conseiller d'éducation. Quand tu auras fini ton trou, tu pourras te reposer pendant le reste de la journée.

Stanley fit un signe de tête pour montrer qu'il avait compris.

— On n'est pas dans un camp de Girl Scouts, ici, répéta Mr Monsieur.

Il examina le contenu du sac à dos de Stanley et lui donna l'autorisation de le garder. Puis il conduisit Stanley au-dehors, sous le soleil écrasant.

— Regarde un peu autour de toi, lui dit Mr Monsieur. Qu'est-ce que tu vois?

Stanley jeta un coup d'œil à la vaste terre désolée qui s'étendait devant lui. La chaleur et la poussière semblaient donner à l'air ambiant une épaisseur presque palpable.

— Pas grand-chose, répondit-il; puis il ajouta précipitamment: Mr Monsieur.

Mr Monsieur éclata de rire.

— Est-ce que tu vois des miradors? demanda-t-il.

— Non.

— Des clôtures électrifiées?

— Non, Mr Monsieur.

— Il n'y a même pas de clôture du tout, n'est-ce pas?

— Non, Mr Monsieur.

— Tu as envie de t'évader? demanda Mr Monsieur.

Stanley se tourna vers lui, sans très bien comprendre ce qu'il voulait dire.

— Si tu as envie de t'évader, vas-y, cours. Je n'essaierai pas de t'en empêcher.

Stanley ne savait pas à quel jeu jouait Mr Monsieur.

— Je vois que tu regardes mon pistolet. Ne t'inquiète pas, je ne vais pas te tirer dessus.

Il tapota son holster.

— Ça, c'est pour les lézards à taches jaunes. Je n'irais pas gâcher une balle pour toi.

— Je n'ai pas l'intention de m'évader, dit Stanley.

— Excellente façon de voir les choses, dit Mr Monsieur. Personne ne s'évade d'ici. On n'a pas besoin de clôture. Tu sais pourquoi? Parce que nous possédons les seules réserves d'eau qui existent à des kilomètres à la ronde. Tu veux t'évader? Très bien, les busards seront ravis de trouver ton cadavre.

Stanley vit quelques garçons de son âge habillés en orange qui se traînaient vers les tentes, une pelle sur l'épaule.

— Tu as soif? demanda Mr Monsieur.

— Oui, Mr Monsieur, répondit Stanley plein d'espoir.

— Eh bien, il faudra t'y habituer. Tu vas passer dix-huit mois à avoir soif.

5

Il y avait six grandes tentes grises. Chacune était désignée par une grosse lettre affichée à l'entrée : A, B, C, D, E et F. Les cinq premières tentes étaient destinées aux pensionnaires du camp. Les conseillers d'éducation dormaient dans la tente F.

Stanley fut placé dans la tente D. Son conseiller s'appelait Mr Pendanski.

– Mon nom est très facile à retenir, dit Mr Pendanski en serrant la main de Stanley devant la tente. Il suffit de se rappeler deux mots très simples : « pendant » et « ski ».

Mr Monsieur retourna dans son bureau.

Mr Pendanski était plus jeune que Mr Monsieur et beaucoup moins effrayant. Ses cheveux coupés très court au sommet de son crâne le faisaient paraître presque chauve mais son visage était recouvert d'une épaisse barbe noire et bouclée. Son nez souffrait d'un terrible coup de soleil.

– Mr Monsieur n'est pas si méchant que ça, dit Mr Pendanski. Il est simplement de mauvaise humeur depuis qu'il a arrêté de fumer. La personne dont il faut se méfier, c'est le Directeur. Il n'y a qu'une seule règle à observer au Camp du Lac vert : ne jamais contrarier le Directeur.

Stanley fit un signe de tête comme pour montrer qu'il avait bien compris.

— Stanley, je veux que tu saches que je te respecte, poursuivit Mr Pendanski. Je sais que tu as commis quelques erreurs graves dans ta vie. Sinon, tu ne serais pas ici. Mais tout le monde commet des erreurs. Et le fait que tu aies fait de grosses bêtises ne veut pas dire que tu sois fondamentalement mauvais.

Stanley approuva d'un hochement de tête. Il semblait parfaitement inutile d'essayer d'expliquer à son conseiller qu'il était innocent. Il pensait bien que tout le monde devait dire la même chose et il ne voulait pas laisser croire à Mr Pendant-ski qu'il adoptait dès le début une attitude négative.

— Je vais t'aider à orienter ta vie dans une meilleure voie, lui dit son conseiller. Mais il faut aussi que tu y mettes du tien. Je peux compter sur toi?

— Oui, monsieur, répondit Stanley.

— Très bien, dit Mr Pendanski en donnant à Stanley une tape amicale sur l'épaule.

Deux garçons qui tenaient chacun une pelle à la main passaient un peu plus loin. Mr Pendanski les appela.

— Rex! Alan! Venez que je vous présente Stanley. C'est un nouveau membre de notre équipe.

Les deux garçons lancèrent à Stanley un regard méfiant.

Ils ruisselaient de sueur et leurs visages étaient si sales qu'il fallut un certain temps à Stanley pour remarquer que l'un était blanc et l'autre noir.

— Qu'est-ce qui est arrivé à Sac-à-vomi?

– Lewis est toujours à l'infirmerie, répondit Mr Pendanski. Il ne reviendra pas.

Il demanda aux deux garçons de venir serrer la main de Stanley, «comme des gentlemen».

– Salut, grommela le garçon blanc.

– Lui, c'est Alan, dit Mr Pendanski.

– Je ne m'appelle pas Alan, rectifia le garçon. Mon nom, c'est Calamar. Et lui, c'est X-Ray, comme rayon X.

– Salut, dit X-Ray.

Il sourit et serra la main de Stanley. Il portait des lunettes, mais elles étaient si sales que Stanley se demanda comment il faisait pour voir au travers.

Mr Pendanski demanda à Alan d'aller chercher les autres dans la salle de repos pour qu'ils viennent faire la connaissance de Stanley. Puis il emmena celui-ci à l'intérieur de la tente.

Il y avait sept lits de camp alignés côte à côte, à une cinquantaine de centimètres les uns des autres.

– C'était lequel, le lit de Lewis? demanda Mr Pendanski.

– Sac-à-vomi? Il couchait là, répondit X-Ray en donnant un coup de pied dans l'un des lits.

– Très bien. Stanley, ce sera ton lit, maintenant, dit Mr Pendanski.

Stanley regarda le lit de camp et approuva d'un signe de tête. Il n'était pas particulièrement enthousiaste à l'idée de coucher dans le même lit que quelqu'un qu'on surnommait Sac-à-vomi.

Sept caisses en bois étaient entassées en deux piles d'un côté de la tente. Elles étaient ouvertes et posées verticalement pour servir de casiers. Stanley rangea son sac à dos, sa tenue de rechange et sa serviette dans la caisse qui avait été celle de Sac-à-vomi. Elle se trouvait au bas de la pile de trois.

Calamar revint en compagnie de quatre autres garçons. Les trois premiers furent présentés à Stanley par Mr Pendanski sous les noms de José, Théodore et Ricky. Mais eux-mêmes se faisaient appeler Aimant, Aisselle et Zigzag.

— Ils ont tous des surnoms, expliqua Mr Pendanski. Mais moi, je préfère utiliser le nom que leurs parents leur ont donné. Le nom par lequel *la société les reconnaîtra* lorsqu'ils auront pris goût au travail et qu'ils seront devenus utiles à la communauté.

— C'est pas seulement un surnom, dit X-Ray à Mr Pendanski.

Il tapota le bord de ses lunettes.

— Je vois en vous, M'man. Et je vois que vous avez un cœur gros comme ça.

Le quatrième garçon n'avait pas de vrai nom ou bien il n'avait pas de surnom. En tout cas, Mr Pendanski et X-Ray le présentèrent tous les deux sous le nom de Zéro.

— Tu sais pourquoi il s'appelle Zéro? demanda Mr Pendanski. C'est parce qu'il n'a rien dans la tête.

Il sourit et secoua l'épaule de Zéro d'un geste amical.

Zéro ne répondit rien.

— Et lui, c'est M'man, dit un des garçons.

Mr Pendanski lui sourit.

— Si ça peut te faire plaisir de m'appeler M'man, Théodore, vas-y, n'hésite pas.

Il se tourna vers Stanley.

— Si tu as des questions à poser, Théodore t'expliquera. Tu as compris, Théodore? Je compte sur toi.

Théodore cracha un filet de salive entre ses dents, suscitant les protestations de plusieurs de ses camarades qui tenaient à conserver une certaine hygiène dans leur «maison».

— Vous avez tous été nouveaux en arrivant ici, dit Mr Pendanski, et vous savez tous ce qu'on ressent dans ces cas-là. Je compte sur chacun de vous pour aider Stanley.

Stanley regarda par terre.

Mr Pendanski sortit de la tente et, bientôt, les autres en firent autant, emportant leur serviette et leur tenue de rechange. Stanley fut soulagé de se retrouver seul, mais il avait l'impression qu'il n'allait pas tarder à mourir s'il ne trouvait pas très vite quelque chose à boire.

— Hé, heu… Théodore, dit-il en rattrapant celui-ci à la sortie de la tente. Tu sais où je pourrais remplir mon bidon?

Théodore fit volte-face et attrapa Stanley par le col.

— Je ne m'appelle pas Thé-o-dore, dit-il. Mon nom, c'est Aisselle.

Puis il projeta Stanley à terre.

Stanley le regarda, terrifié.

— Il y a un robinet sur le mur des douches.

— Merci… Aisselle, dit Stanley.

Il le regarda tourner les talons et s'éloigner, sans comprendre comment il était possible qu'on tienne absolument à se faire appeler «Aisselle».

D'une certaine manière, il se sentit un peu moins mal à l'aise à l'idée de dormir dans un lit qui avait été utilisé par quelqu'un qu'on appelait Sac-à-vomi. Après tout, il s'agissait peut-être d'un terme de respect.

6

Stanley prit une douche – si on pouvait appeler ça comme ça –, dîna – si on pouvait appeler ça comme ça – et se mit au lit – si on pouvait appeler un lit cette chose râpeuse et malodorante.

À cause de la rareté de l'eau, chaque pensionnaire du camp n'avait droit qu'à une douche de quatre minutes. Ce fut à peu près le temps que mit Stanley pour s'habituer à l'eau froide. Il n'y avait pas de robinet d'eau chaude. Il s'avançait sous le filet d'eau puis reculait d'un bond et continua ainsi jusqu'à ce que le jet s'arrête automatiquement. Jamais il ne parvint à se servir de son pain de savon, ce qui était tout aussi bien puisqu'il n'aurait pas eu le temps de se rincer.

Le dîner était composé d'un ragoût de viande et de légumes. La viande était marron et les légumes avaient dû être verts autrefois. Tout avait à peu près le même goût. Il mangea sa part jusqu'au bout et sauça le jus avec sa tranche de pain blanc. Stanley n'avait jamais rien laissé dans son assiette, quel qu'en soit le contenu.

– Qu'est-ce que tu as fait? lui demanda un des campeurs.

Au début, Stanley ne comprit pas ce qu'il voulait dire.

— Il y a bien une raison pour qu'ils t'aient envoyé ici, non?

— Ah oui, dit-il en réalisant soudain. J'ai volé une paire de baskets.

Les autres trouvaient ça très drôle. Stanley ne voyait pas très bien pourquoi. Peut-être parce que leurs délits à eux étaient bien pires que le vol d'une paire de chaussures.

— C'était dans un magasin ou bien tu les as piquées aux pieds de quelqu'un? demanda Calamar.

— Heu… ni l'un ni l'autre, répondit Stanley. Elles appartenaient à Clyde Livingston.

Personne ne le crut.

— Pieds de Velours? dit X-Ray. Ouais, super!

— Pas possible, dit Calamar.

Étendu sur son lit de camp, Stanley pensa que tout cela était assez drôle, d'une certaine manière. Personne ne l'avait cru quand il avait dit qu'il était innocent. Et maintenant, quand il disait qu'il avait vraiment volé les chaussures, personne ne le croyait non plus.

Clyde Livingston, dit «Pieds de Velours», était un célèbre joueur de base-ball. Il avait battu le record de «bases volées» dans les championnats de l'American League au cours des trois années précédentes. Il était aussi le seul joueur dans l'histoire à avoir réussi quatre triples jeux en un seul match.

Stanley avait un poster de lui dans sa chambre. En tout cas, il en avait eu un. Il ne savait pas où il était à présent. La police l'avait saisi comme pièce à conviction pour établir sa culpabilité devant le juge.

Clyde Livingston était lui-même venu déposer au tribunal. Malgré la situation, lorsque Stanley avait appris que Pieds de Velours allait être présent, il avait été fou de joie à l'idée de rencontrer son héros.

Clyde Livingston avait confirmé qu'il s'agissait bel et bien de ses chaussures et qu'il en avait fait don à un refuge destiné aux sans-abri pour qu'elles soient vendues aux enchères. Il avait déclaré qu'il ne parvenait pas à imaginer qu'on soit suffisamment infâme pour voler quelque chose à des enfants sans abri.

Ce moment-là avait été le plus difficile pour Stanley. Son héros l'avait considéré comme un horrible-abominable-vaurien-de-voleur-de-chaussures.

En s'efforçant de se retourner sur son lit de camp, Stanley eut peur qu'il ne s'effondre sous son poids. Il tenait à peine dedans. Lorsqu'il réussit enfin à se tourner sur le ventre, l'odeur était si répugnante qu'il dut se retourner à nouveau pour essayer de dormir sur le dos. Le lit dégageait une odeur de lait caillé.

Bien que la nuit fût tombée, l'air était toujours chaud. Deux lits plus loin, Aisselle ronflait.

À l'école, une brute du nom de Derrick Dunne avait l'habitude de tourmenter Stanley. Les professeurs n'avaient jamais pris au sérieux les plaintes de Stanley, car Derrick était beaucoup plus petit que lui. Certains enseignants semblaient même trouver très amusant qu'un garçon aussi petit que Derrick puisse s'en prendre à quelqu'un d'aussi grand que Stanley.

Le jour où Stanley avait été arrêté, Derrick s'était

emparé de son cahier de cours et, après une longue séance de «viens donc le chercher», avait fini par le jeter dans les toilettes des garçons. Lorsque Stanley avait enfin réussi à le récupérer, il avait raté son bus et avait dû rentrer chez lui à pied.

Ce fut sur le chemin du retour, son cahier trempé à la main, avec la perspective de devoir en recopier les pages abîmées, que les baskets étaient tombées du ciel.

— Je rentrais à pied à la maison et les baskets sont tombées du ciel, avait-il déclaré au juge. J'en ai même reçu une sur la tête.

Et elle lui avait fait mal, en plus.

En réalité, elles n'étaient pas vraiment tombées du ciel. Il sortait de sous une passerelle qui enjambait une voie express lorsqu'une chaussure avait atterri sur sa tête.

Stanley y avait vu une sorte de signe du destin. Son père cherchait un moyen de recycler les vieilles baskets et, tout à coup, une paire de baskets apparemment surgies de nulle part lui tombait dessus, tel un don de Dieu.

Bien entendu, il ne pouvait pas savoir qu'elles appartenaient à Clyde Livingston. En fait, ces baskets n'avaient rien de velouté. Celui qui les avait portées, quel qu'il fût, avait de sérieux problèmes olfactifs avec ses pieds.

Stanley n'avait pu s'empêcher de penser que ces chaussures possédaient quelque chose de très particulier, qu'elles allaient d'une manière ou d'une autre fournir à son père la clé qui lui permettrait de découvrir ce qu'il cherchait. La coïncidence était trop grande pour être simplement due au hasard. Stanley avait eu l'impression de tenir entre ses mains les chaussures du destin.

Il s'était mis à courir. En y repensant maintenant, il ne savait pas très bien pourquoi il avait couru. Peut-être était-il pressé d'apporter les chaussures à son père, ou peut-être voulait-il fuir le souvenir de l'humiliation qu'il avait subie à l'école.

Une voiture de patrouille s'était arrêtée à côté de lui. Un policier lui avait demandé pourquoi il courait. Puis il avait pris les chaussures et avait appelé quelqu'un avec sa radio. Peu après, Stanley avait été arrêté.

Il fut établi que les chaussures avaient été volées alors qu'elles étaient exposées dans un refuge destiné aux sans-abri. Ce soir-là, il devait y avoir une soirée au cours de laquelle des gens riches allaient payer cent dollars par personne pour manger la nourriture que, d'habitude, on donnait gratuitement aux pauvres. Clyde Livingston, qui avait lui-même séjourné dans ce refuge lorsqu'il était plus jeune, allait prononcer un discours et signer des autographes. Ses chaussures seraient ensuite vendues aux enchères et on s'attendait à en tirer plus de cinq mille dollars. Tout cet argent servirait à venir en aide aux sans-abri.

À cause du calendrier de la saison de base-ball, le procès de Stanley avait été retardé de plusieurs mois. Ses parents n'avaient pas les moyens de lui payer un avocat.

— D'ailleurs, tu n'as pas besoin d'avocat, avait assuré sa mère. Il te suffit de dire la vérité.

Stanley avait dit la vérité, mais peut-être aurait-il

mieux fait de mentir un peu. Par exemple, il aurait pu dire qu'il avait trouvé les chaussures dans la rue. Car personne n'avait voulu le croire quand il avait affirmé qu'elles étaient tombées du ciel.

Il s'était alors rendu compte qu'il ne s'agissait pas du tout d'un signe du destin. C'était encore la faute de son horrible-abominable-vaurien-d'arrière-arrière-grand-père-voleur-de-cochon!

Le juge avait qualifié le délit de méprisable.

– Ces chaussures étaient estimées à plus de cinq mille dollars. Cet argent aurait permis de loger et de nourrir des sans-abri. Et vous le leur avez volé, simplement pour avoir un souvenir.

Le juge avait dit qu'il y avait une place vacante au Camp du Lac vert en suggérant que la discipline du camp était de nature à améliorer le caractère de Stanley. C'était ça ou la prison. Les parents de Stanley avaient demandé s'ils pouvaient avoir un peu de temps pour en savoir plus long sur ce Camp du Lac vert, mais le juge leur avait conseillé de se décider rapidement.

– Les places vacantes ne le restent jamais bien longtemps au Camp du Lac vert.

7

La pelle semblait lourde entre les mains douces et potelées de Stanley. Il essaya de l'enfoncer dans le sol, mais la pointe de métal heurta la surface avec un grand bruit et rebondit sans y laisser la moindre trace. La vibration provoquée par le choc remonta le long du manche jusque dans les poignets de Stanley en lui secouant les os.

Il faisait encore sombre. La seule lumière venait de la lune et des étoiles, des étoiles si nombreuses que Stanley n'en avait jamais vu autant d'un coup. Il lui avait semblé qu'il venait juste de s'endormir lorsque Mr Pendanski était entré dans la tente pour réveiller tout le monde.

De toutes ses forces, il abaissa à nouveau la pelle sur le lit asséché du lac. Cette fois encore, le choc lui fit mal aux mains, mais laissa la terre intacte. Il se demanda si sa pelle n'était pas défectueuse. Il lança un coup d'œil à Zéro qui se trouvait cinq mètres plus loin et venait d'extraire une pelletée de terre sèche qu'il jeta sur un tas dont la hauteur atteignait déjà une trentaine de centimètres.

Au petit-déjeuner, on leur avait servi une assiette de céréales tièdes. Ce qu'il y avait eu de meilleur, c'était le jus d'orange. Ils avaient eu droit à un demi litre chacun. Les céréales n'avaient pas trop mauvais goût mais elles dégageaient la même odeur que son lit de camp.

Ensuite, ils avaient rempli leurs bidons, pris leurs pelles et on les avait emmenés sur le lac. Chaque groupe devait creuser dans un secteur différent.

Les pelles étaient rangées dans une cabane à outils, près des douches. Elles avaient toutes paru identiques aux yeux de Stanley, bien que X-Ray eût la sienne propre, que personne d'autre n'avait le droit d'utiliser. X-Ray prétendait qu'elle était plus courte que les autres, mais si c'était le cas, elle devait avoir à peine un centimètre de moins.

Les pelles faisaient un mètre cinquante de longueur, depuis la pointe de métal jusqu'à l'extrémité du manche en bois. Les trous devaient avoir une profondeur égale à la longueur de la pelle. Pour le diamètre, il fallait qu'en la posant à plat sur le fond, on puisse lui faire faire un tour complet. C'était pour cela que X-Ray tenait à avoir une pelle plus courte que les autres.

Il y avait tant de trous et de monticules de terre au fond du lac que le paysage rappelait à Stanley les images qu'il avait vues de la lune.

— Si tu trouves quoi que ce soit d'intéressant ou d'inhabituel, lui avait dit Mr Pendanski, il faut que tu le signales soit à moi, soit à Mr Monsieur quand il viendra avec le camion d'eau. Si le Directeur apprécie ce que tu auras trouvé, tu seras libre pour le reste de la journée.

— Et qu'est-ce qu'on doit chercher? avait demandé Stanley.

— Tu ne dois rien chercher du tout, tu dois creuser pour te forger le caractère. Simplement, si par hasard tu découvres quelque chose, le Directeur voudra le savoir.

Stanley jeta un regard désespéré à sa pelle. Elle n'était pas défectueuse. C'était *lui* qui l'était.

Il remarqua une mince fissure dans le sol. Il posa dessus la pointe de sa pelle puis sauta des deux pieds sur la lame.

La pelle s'enfonça de quelques centimètres dans la terre compacte.

Stanley sourit. Pour une fois dans sa vie, ses kilos superflus lui avaient été utiles.

Il pesa sur le manche et parvint à extraire sa première pelletée de terre qu'il rejeta un peu plus loin.

Encore un million de fois la même chose, pensa-t-il. Puis il replaça la pointe de la pelle sur la fissure et sauta dessus une nouvelle fois.

Il enleva ainsi plusieurs pelletées de terre avant de se rendre compte qu'il les avait jetées à l'intérieur du périmètre de son trou. Il posa alors sa pelle à plat sur le sol et marqua les limites du trou qu'il devait creuser. Un mètre cinquante, c'était horriblement large.

Il repoussa la terre qu'il avait déjà enlevée au-delà des marques qu'il avait faites, puis il but un peu de l'eau que contenait son bidon. Un mètre cinquante, c'était aussi horriblement profond.

Au bout d'un moment, il lui fut moins difficile de creuser. C'était à la surface que le sol était le plus dur.

Le soleil y avait fait cuire une croûte d'une vingtaine de centimètres d'épaisseur. Au-dessous, la terre était plus meuble. Mais lorsque Stanley eut enfin réussi à traverser la croûte, il avait déjà au milieu du pouce droit une grosse ampoule qui lui faisait mal quand il tenait la pelle.

L'arrière-arrière-grand-père de Stanley s'appelait Elya Yelnats. Il était né en Lettonie. Quand il eut quinze ans, il tomba amoureux de Myra Menke.

(Il ignorait bien sûr qu'il serait l'arrière-arrière-grand-père de Stanley.)

Myra Menke était âgée de quatorze ans. Elle allait avoir quinze ans deux mois plus tard et son père estimait qu'il serait alors temps de la marier.

Elya alla voir son père pour lui demander sa main, mais Igor Barkov, l'éleveur de cochons, en fit autant. Igor avait cinquante-sept ans, un nez rouge et de grosses joues boursouflées.

– Je vous échange votre fille contre mon cochon le plus gras, proposa Igor.

– Et toi, qu'est-ce que tu as? demanda le père de Myra à Elya.

– Un cœur débordant d'amour, répondit Elya.

– Je préfère un cochon bien gras, dit le père de Myra.

Désespéré, Elya alla voir Madame Zéroni, une vieille gitane qui habitait à la sortie de la ville. Il était devenu ami avec elle, bien qu'elle fût nettement plus âgée que lui. Elle était même plus âgée qu'Igor Barkov.

Les autres garçons de la ville aimaient se livrer à des combats de lutte dans la boue. Elya, lui, préférait aller voir Madame Zéroni et écouter les innombrables histoires qu'elle avait à raconter.

Madame Zéroni avait le teint basané et une très grande bouche. Quand elle vous regardait, ses yeux semblaient se dilater et on aurait dit qu'elle voyait à travers vous.

— Qu'est-ce qui ne va pas, Elya ? demanda-t-elle avant même qu'il ait eu le temps de lui dire qu'il était bouleversé.

Elle était assise dans un fauteuil roulant de fabrication artisanale. Elle n'avait plus de pied gauche. Sa jambe s'arrêtait à la cheville.

— Je suis amoureux de Myra Menke, lui confia Elya. Mais Igor Barkov a proposé de l'échanger contre son cochon le plus gras et je ne peux pas rivaliser avec ça.

— Tant mieux, dit Madame Zéroni. Tu es trop jeune pour te marier. Tu as encore toute la vie devant toi.

— Mais j'aime Myra.

— La tête de Myra est aussi vide qu'un pot de fleurs.

— Mais elle est belle.

— Les pots de fleurs aussi. Est-ce qu'elle est capable de pousser une charrue ? Est-ce qu'elle sait traire une chèvre ? Non, car elle est trop fragile. Est-elle capable de tenir une conversation intelligente ? Non, car elle est sotte et écervelée. Est-ce qu'elle saura prendre soin de toi quand tu seras malade ? Non, car c'est une enfant gâtée et tout ce qu'elle voudra, c'est que ce soit toi qui prennes soin d'elle. Donc, elle est jolie. Et alors? Ptoui!

Et Madame Zéroni cracha sur le sol.

Elle dit alors à Elya qu'il ferait mieux d'aller en Amérique.

– Comme mon fils. C'est là qu'est ton avenir. Tu n'as rien à faire avec Myra Menke.

Mais Elya ne voulait rien entendre. Il avait quinze ans et tout ce qu'il voyait, c'était la beauté superficielle de Myra.

Madame Zéroni se désolait de voir Elya si malheureux. Et bien qu'elle fût convaincue qu'il avait tort d'insister, elle accepta de l'aider.

– Il se trouve que ma truie a mis bas une portée de cochonnets hier, dit-elle. Il y a parmi eux un petit malingre qu'elle refuse d'allaiter. Tu peux l'avoir, si tu veux. Sinon, de toute façon, il mourra.

Madame Zéroni mena Elya derrière sa maison, là où elle gardait ses cochons.

Elya prit le minuscule cochonnet, mais il ne voyait pas très bien à quoi il pourrait lui être utile, car il n'était pas plus grand qu'un rat.

– Il grandira, lui assura Madame Zéroni. Tu vois cette montagne, à la lisière de la forêt?

– Oui, dit Elya.

– Au sommet de cette montagne, il y a un ruisseau qui coule en remontant la pente. Il faudra que tu amènes ce petit cochon chaque jour au sommet de cette montagne et que tu le fasses boire à l'eau de ce ruisseau. Et pendant qu'il boira, il faudra lui chanter quelque chose.

Elle apprit alors à Elya la chanson qu'il devrait chanter au cochonnet.

— Le jour où Myra aura quinze ans, tu devras amener pour la dernière fois le petit cochon au sommet de la montagne. Ensuite, tu l'apporteras directement au père de Myra et tu verras qu'il sera beaucoup plus gras que n'importe lequel des cochons d'Igor.

— S'il devient si gros et si gras, comment ferai-je pour le porter jusqu'au sommet de la montagne ? demanda Elya.

— Pour le moment, ce cochonnet n'est pas trop lourd pour toi ? dit Madame Zéroni.

— Bien sûr que non, répondit Elya.

— Crois-tu que demain il sera trop lourd ?

— Non.

— Chaque jour, tu porteras ce cochon jusqu'au sommet de la montagne. Il grandira un peu chaque fois, mais toi, tu deviendras en même temps un peu plus fort. Et lorsque tu auras donné le cochon au père de Myra, je veux que tu fasses quelque chose pour moi.

— Ce que vous voudrez, dit Elya.

— Je veux que tu me portes, moi, au sommet de la montagne. Je veux boire à ce ruisseau et je veux que tu chantes la chanson pour moi.

Elya en fit la promesse.

Madame Zéroni l'avertit alors que, s'il manquait à sa parole, lui et ses descendants seraient maudits pour l'éternité.

À l'époque, Elya ne prêta guère attention à la menace du mauvais sort. Il avait quinze ans et, pour lui, l'éternité n'allait guère au-delà du mardi en huit.

En plus, il aimait beaucoup Madame Zéroni et il serait très content de la porter jusqu'au sommet de la montagne. Il l'aurait même fait sur-le-champ, mais il n'était pas encore assez fort.

Stanley continuait de creuser. Son trou faisait près d'un mètre de profondeur, mais seulement en son centre. Ses parois remontaient en pente jusqu'au bord. Le soleil venait seulement d'apparaître à l'horizon, mais il sentait déjà la brûlure de ses rayons sur son visage.

Lorsqu'il se pencha pour prendre son bidon, il eut soudain un vertige et dut s'appuyer des deux mains sur ses genoux pour ne pas tomber. Pendant un instant, il crut qu'il allait vomir, mais son malaise se dissipa et il but la dernière goutte d'eau qui lui restait. Il avait des ampoules sur tous les doigts et une autre au centre de chaque paume.

Les autres trous étaient beaucoup plus profonds que le sien. Il n'arrivait pas à les voir entièrement, mais on pouvait le deviner d'après la hauteur des tas de terre qui les entouraient.

Il vit un nuage de poussière se déplacer à la surface du lac asséché et remarqua que les autres avaient cessé de creuser pour le regarder également. Le nuage de poussière s'approcha et il s'aperçut qu'il suivait un pick-up rouge.

Le pick-up s'arrêta près de l'endroit où il creusait et les autres se mirent derrière en file indienne, X-Ray en tête, Zéro en dernier. Stanley rejoignit la file en se plaçant derrière Zéro.

Mr Monsieur remplit leurs bidons à une citerne installée sur la plate-forme du pick-up. Lorsqu'il prit le bidon de Stanley, il lança :

– On n'est pas chez les Girl Scouts, ici, pas vrai?

Stanley haussa une épaule.

Mr Monsieur le suivit jusqu'à son trou pour voir où il en était.

– Tu ferais bien de te dépêcher, sinon tu seras obligé de continuer à creuser au moment où le soleil sera le plus chaud.

Il enfourna quelques graines de tournesol, enleva habilement les écorces avec les dents et les cracha dans le trou de Stanley.

Chaque jour, Elya porta le petit cochon au sommet de la montagne et lui chanta une chanson tandis qu'il buvait au ruisseau. À mesure que le cochon grossissait, Elya devenait de plus en plus fort.

Le jour des quinze ans de Myra, le cochon d'Elya pesait plus de trois cents kilos. Madame Zéroni lui avait dit de le porter au sommet de la montagne ce jour-là aussi, mais Elya ne voulait pas se présenter devant Myra en sentant le cochon. Il préféra prendre un bain. C'était son deuxième bain en moins d'une semaine.

Ensuite, il amena le cochon chez Myra.

Igor Barkov était là également et lui aussi avait un cochon.

. – Voici deux des plus magnifiques cochons que j'aie jamais vus, déclara le père de Myra.

Il fut aussi impressionné par Elya qui semblait avoir grandi en taille et en force depuis deux mois.

— Je croyais que tu n'étais qu'un paresseux tout juste bon à lire des livres, dit-il, mais je vois que tu ferais un excellent lutteur dans les combats de boue.

— Puis-je épouser votre fille? demanda hardiment Elya.

— Je dois d'abord peser les cochons.

Hélas, le pauvre Elya aurait mieux fait de porter une dernière fois son cochon en haut de la montagne. Car le sien et celui d'Igor Barkov pesaient exactement le même poids.

Les ampoules de Stanley avaient crevé et d'autres se formaient. Il changeait sans cesse la position de ses mains sur la pelle pour essayer d'atténuer la douleur. Finalement, il ôta sa casquette et en entoura le manche pour protéger ses paumes à vif. C'était mieux, mais la casquette glissait et il avait du mal à creuser. En plus, le soleil lui tapait directement sur la tête et la nuque, maintenant qu'elles n'étaient plus protégées.

Tout en essayant de se convaincre du contraire, il s'était rendu compte depuis un moment que ses tas de terre étaient trop près du trou. Les monticules se trouvaient à l'extérieur du cercle d'un mètre cinquante de diamètre, mais il voyait bien qu'il allait manquer de place. Pourtant, il faisait comme si de rien n'était et continuait de jeter la terre sur les tas qu'il serait bien obligé de repousser plus loin à un moment ou à un autre.

L'ennui, c'est que la terre était compacte tant qu'elle restait dans le sol, mais dès qu'on en retirait une pelletée, elle augmentait de volume et les tas finissaient par être beaucoup plus grands que la profondeur du trou.

Il fallait bien s'y résoudre, maintenant ou un peu plus tard. À contrecœur, Stanley sortit de son trou et enfonça la pelle dans la terre qu'il avait déjà extraite pour la repousser un peu plus loin.

Le père de Myra se mit à quatre pattes pour examiner attentivement chaque cochon, de la queue au groin.

– C'est vraiment deux des plus magnifiques cochons que j'aie jamais vus, répéta-t-il enfin. Je ne sais pas quoi décider. Je n'ai qu'une seule fille.

– Et si vous laissiez Myra décider elle-même ? suggéra Elya.

– C'est ridicule ! protesta Igor en postillonnant.

– Myra n'est qu'une fille sans cervelle, dit son père. Comment pourrait-elle décider alors que moi, son père, je n'y arrive pas ?

– Elle sait bien ce qu'elle ressent dans son cœur, dit Elya.

Le père de Myra se frotta le menton. Puis il éclata de rire et dit :

– Pourquoi pas, après tout ?

Il donna une tape sur l'épaule d'Elya.

– Moi, ça m'est égal, ajouta-t-il. Un cochon est un cochon.

Il fit venir sa fille.

Elya rougit lorsque Myra entra dans la pièce.

– Bonjour, Myra, dit-il.

Elle le regarda.

— Tu t'appelles Elya, c'est bien ça ? demanda-t-elle.

— Myra, dit son père, Elya et Igor m'ont tous deux proposé un cochon en échange de ta main. Moi, ça m'est égal. Un cochon est un cochon. Je vais donc te laisser choisir toi-même. Qui veux-tu épouser ?

Myra sembla embarrassée.

— Tu veux que je décide *moi-même* ?

— Exactement, ma douce fleur, dit son père.

— Je ne sais vraiment pas, dit Myra. Quel est le plus gros cochon ?

— Ils pèsent exactement le même poids, dit son père.

— Mon Dieu, dit Myra, je crois que je vais choisir Elya... Non, Igor. Non, Elya. Non, Igor. Oh, je sais ce que je vais faire ! Je vais penser à un chiffre entre un et dix et j'épouserai celui qui dira le chiffre le plus proche. Allez-y, je suis prête.

— Dix, lança Igor.

Elya resta silencieux.

— Elya ? dit Myra. Vas-y, choisis un chiffre.

Mais Elya ne prononça aucun chiffre.

— Épouse Igor, marmonna-t-il. Je te laisse le cochon, ce sera mon cadeau de mariage.

Lorsque le camion d'eau revint, il était conduit par Mr Pendanski qui apportait également des casse-croûte. Stanley s'assit contre un monticule de terre et mangea. Il avait eu un sandwich à la saucisse, des chips et un gros cookie au chocolat.

— Tu t'en sors ? demanda Aimant.

— Pas trop bien, répondit Stanley.

— C'est le premier trou le plus dur, dit Aimant.

Stanley respira profondément. Il ne pouvait pas se permettre de traîner. Il avait un gros retard sur les autres et le soleil devenait de plus en plus brûlant. Il n'était même pas encore midi. Mais il n'était pas sûr d'avoir la force de se lever.

Il songea à laisser tomber en se demandant ce qu'il risquait. Que pourraient-ils bien lui faire dans ce cas?

Ses vêtements étaient trempés de sueur. À l'école on lui avait dit que transpirer était très bon pour la santé. C'était le moyen qu'avait trouvé la nature pour rafraîchir le corps. Alors, pourquoi avait-il si chaud?

En s'aidant de sa pelle, il parvint à se relever.

— Qu'est-ce qu'on fait quand on a besoin d'aller aux toilettes? demanda-t-il à Aimant.

Aimant montra la vaste étendue de terre qui les entourait.

— Tu prends un trou, n'importe lequel, dit-il.

Stanley s'éloigna en chancelant et faillit tomber en trébuchant contre un monticule de terre.

— Mais fais attention qu'il n'y ait pas de bestiole dans le trou, cria Aimant dans son dos.

Lorsqu'il eut quitté la maison de Myra, Elya erra sans but à travers la ville jusqu'à ce qu'il arrive au port. Il s'assit au bord d'une jetée et contempla l'eau froide et noire. Il n'arrivait pas à comprendre comment Myra avait pu hésiter entre lui et Igor. Il pensait qu'elle l'aimait. Mais même si elle ne l'aimait pas, ne voyait-elle donc pas qu'Igor était un affreux personnage?

Madame Zéroni l'avait bien dit. Elle avait la tête aussi vide qu'un pot de fleurs.

Des hommes s'étaient rassemblés sur un quai, un peu plus loin, et il alla voir ce qui se passait. Une pancarte indiquait :

ON DEMANDE DES MATELOTS
VOYAGE GRATUIT EN AMÉRIQUE

Il n'avait aucune expérience de la mer, mais le capitaine du navire l'embaucha. Il avait tout de suite vu qu'Elya avait une grande force physique. Tout le monde n'était pas capable de porter un cochon adulte au sommet d'une montagne.

Le navire avait largué les amarres et voguait déjà vers l'océan Atlantique lorsque Elya s'était brusquement rappelé la promesse qu'il avait faite à Madame Zéroni de la porter au sommet de la montagne. Il en fut très affligé.

La malédiction ne lui faisait pas peur. Il était persuadé que tout cela n'était que balivernes. Mais il s'en voulait terriblement, car il savait que Madame Zéroni tenait beaucoup à boire de l'eau du ruisseau avant de mourir.

Zéro était le plus petit du groupe D, mais il fut le premier à finir de creuser son trou.

– Tu as terminé ? lui demanda Stanley avec envie.

Zéro ne répondit rien.

Stanley s'approcha du trou de Zéro et le regarda faire pendant qu'il le mesurait à l'aide de sa pelle. Le trou formait un cercle parfait aux parois lisses et verticales. Il n'avait creusé que ce qui était nécessaire sans enlever la moindre motte de terre superflue.

Zéro se hissa hors du trou sans même un sourire. Il regarda son trou parfaitement creusé, cracha dedans, puis tourna les talons et se dirigea vers le camp.

– Zéro est un type bizarre, dit Zigzag.

Stanley aurait volontiers éclaté de rire s'il en avait eu la force. Car Zigzag était certainement le «type» le plus «bizarre» qu'il ait jamais vu. Il avait un long cou décharné et une grosse tête ronde avec des cheveux en bataille, blonds et bouclés, qui pointaient dans tous les sens. Sa tête semblait ballotter sur son cou comme si elle avait été montée sur ressorts.

Aisselle fut le deuxième à finir son trou. Lui aussi cracha dedans avant de prendre la direction du camp. Un par un, Stanley vit tous les autres cracher à leur tour dans leur trou puis rejoindre l'enceinte du camp.

Stanley continua de creuser. Le bord de son trou lui arrivait presque à l'épaule, bien qu'il fût difficile de déterminer où se trouvait le niveau du sol, car il y avait des tas de terre de tous les côtés. Plus il s'enfonçait, plus il était difficile de soulever la terre pour la jeter hors du trou. Une fois de plus, il se rendit compte qu'il allait devoir repousser les monticules.

Les plaies de ses mains avaient taché sa casquette de sang. Il avait l'impression de creuser sa propre tombe.

En Amérique, Elya apprit à parler anglais. Il tomba amoureux d'une femme nommée Sarah Miller qui savait pousser une charrue, traire une chèvre et, plus important que tout, était capable de penser par elle-même. Elya et elle passaient souvent la moitié de la nuit à parler et à rire ensemble.

Leur vie n'était pas facile. Elya travaillait dur, mais la malchance semblait le suivre partout. Il se trouvait toujours au mauvais endroit au mauvais moment.

Il se souvenait que Madame Zéroni lui avait dit qu'elle avait un fils en Amérique. Elya ne cessait de le chercher. Il demandait à de parfaits inconnus s'ils connaissaient quelqu'un du nom de Zéroni ou s'ils avaient jamais entendu parler de quelqu'un qui portait ce nom.

Personne ne savait rien. D'ailleurs, Elya n'aurait pas très bien su quoi faire s'il avait trouvé le fils de Madame Zéroni. Le porter au sommet d'une montagne et lui chanter la berceuse du cochon?

Après que sa grange eut été frappée par la foudre pour la troisième fois, il parla à Sarah de la promesse qu'il avait faite à Madame Zéroni et qu'il n'avait pas tenue.

– Je suis pire qu'un voleur de cochon, dit-il. Tu ferais mieux de me quitter et de trouver quelqu'un qui ne soit pas maudit.

– Je n'ai pas l'intention de te quitter, répondit Sarah. Mais je voudrais bien que tu fasses quelque chose pour moi.

– Ce que tu voudras, dit Elya.

Sarah sourit.

– Chante-moi la berceuse du cochon.

Il la lui chanta.

Les yeux de Sarah se mirent à briller.

– C'est vraiment joli, dit-elle. Qu'est-ce que ça veut dire?

Elya essaya de son mieux de lui traduire les paroles du letton en anglais, mais ce n'était pas la même chose.

– En letton, ça rime, lui dit-il.

– J'ai entendu, dit Sarah.

Un an plus tard, leur fils était né. Sarah le prénomma Stanley car elle avait remarqué que «Stanley» s'écrivait comme «Yelnats» à l'envers.

Sarah changea les paroles de la berceuse du cochon pour qu'elles riment et, chaque soir, elle la chantait au petit Stanley:

> *«Si seulement, si seulement», soupire le pivert*
> *«L'écorce des arbres était un peu plus tendre»,*
> *Tandis que le loup est là à attendre,*
> *Affamé et solitaire,*
> *En hurlant à la luu-uuuuu-uuuune,*
> *«Si seulement, si seulement.»*

La profondeur du trou de Stanley était égale à la longueur de sa pelle, mais le fond n'était pas suffisamment large. Il fit la grimace et détacha une grosse motte de terre qu'il jeta sur l'un des monticules.

Il mesura à nouveau le fond du trou et cette fois, à sa grande surprise, il constata que la pelle tenait à plat. Il la fit tourner sur elle-même et dut simplement enlever quelques petits morceaux de terre par-ci par-là pour qu'elle puisse faire un tour complet.

Il entendit alors le camion d'eau approcher et ressentit une étrange sensation de fierté à l'idée qu'il allait pouvoir montrer à Mr Monsieur ou à Mr Pendanski qu'il avait réussi à creuser son premier trou.

Il posa les mains sur le bord et essaya de se hisser à l'extérieur.

Il en fut incapable. Ses bras étaient trop faibles pour soulever le poids de son corps.

Il voulut s'aider avec les jambes, mais il n'avait plus de forces. Il était pris au piège dans son propre trou. C'était presque drôle, mais il n'était pas d'humeur à rire.

— Stanley !

La voix de Mr Pendanski l'appelait.

À l'aide de sa pelle, il tailla dans la paroi deux encoches suffisamment profondes pour y mettre les pieds et parvint à s'extraire du trou au moment où Mr Pendanski s'avançait vers lui.

— J'avais peur que tu te sois évanoui, dit Mr Pendanski. Tu n'aurais pas été le premier.

— J'ai fini, dit Stanley en remettant sur sa tête sa casquette tachée de sang.

— Bravo ! dit Mr Pendanski.

Il leva la main pour claquer la sienne en signe de victoire, mais Stanley n'y prêta pas attention. Il n'avait plus la force de soulever sa propre main.

Mr Pendanski laissa retomber son bras et regarda le trou que Stanley avait creusé.

— C'est très bien, dit-il. Tu veux que je te ramène dans le camion ?

Stanley refusa d'un hochement de tête.

— Je vais y aller à pied, dit-il.

Mr Pendanski remonta dans le pick-up sans remplir le bidon de Stanley. Celui-ci attendit qu'il se soit éloigné, puis regarda à nouveau son trou. Il savait qu'il n'y avait pas de quoi se vanter, mais il était quand même fier de lui.

Il cracha alors au fond du trou le dernier filet de salive qui lui restait.

8

Beaucoup de gens ne croient pas aux mauvais sorts.

Beaucoup de gens ne croient pas non plus aux lézards à taches jaunes, mais si l'un d'eux vous mord, il importe peu que vous y ayez cru ou pas.

En fait, il est assez étrange que les scientifiques l'aient baptisé d'après ses taches jaunes. Chaque lézard possède exactement onze taches jaunes, mais elles sont difficiles à distinguer sur son corps jaune-vert.

Le lézard mesure de quinze à vingt-cinq centimètres et il a de gros yeux rouges. En réalité, ses yeux sont jaunes et seule la peau qui les entoure est rouge, mais tout le monde parle toujours de ses yeux rouges. Il a aussi des dents noires et une langue d'une blancheur laiteuse.

Quand on en voit un, on pense qu'il devrait plutôt s'appeler «lézard aux yeux rouges», ou «lézard à dents noires», ou peut-être «lézard à langue blanche».

Car si on s'en est approché suffisamment près pour voir ses taches jaunes, ça veut sans doute dire qu'on est déjà mort.

Les lézards à taches jaunes vivent dans des trous qui les protègent du soleil et des rapaces. Il y a parfois jusqu'à vingt lézards dans un seul trou. Ils ont des pattes robustes et puissantes et sont capables de bondir d'un trou très profond pour attaquer une proie. Ils se nourrissent de petits animaux, d'insectes, de certaines épines de cactus et d'écorces de graines de tournesol.

9

Stanley laissa l'eau froide de la douche ruisseler sur son corps brûlant et douloureux. Ce furent quatre minutes de paradis. Pour la deuxième fois en deux jours, il ne se servit pas de son savon. Il était trop fatigué.

Le bâtiment des douches n'avait pas de toit et il y avait un espace de quinze centimètres entre le sol et le bas des murs, sauf dans les coins. Le sol ne comportait aucun conduit d'évacuation. L'eau se répandait en flaques sous les murs et s'évaporait rapidement au soleil.

Stanley enfila sa tenue propre. Il retourna ensuite dans sa tente, rangea ses vêtements sales dans son casier, prit son stylo et son papier à lettres et se dirigea vers la salle de repos.

Sur la porte, une pancarte indiquait: SALLE DE DIS-TRACTION, mais quelqu'un avait modifié le «I» et le «A» et on lisait à présent: SALLE DE DESTRUCTION.

À l'intérieur, presque tout était cassé: la télé, le billard électrique, les meubles. Même les gens qui l'occupaient paraissaient brisés, leurs corps usés étalés dans divers fauteuils et canapés.

X-Ray et Aisselle jouaient au billard. La surface de la table rappela à Stanley la surface du lac. Elle était pleine de trous et de bosses à cause de toutes les initiales gravées dans le feutre.

Il y avait dans le mur du fond un trou devant lequel on avait placé un ventilateur. De l'air conditionné bon marché. Mais au moins, le ventilateur marchait.

En traversant la pièce, Stanley trébucha contre une jambe tendue devant lui.

– Hé, fais attention! dit un gros tas orange affalé dans un fauteuil.

– Fais attention toi-même, marmonna Stanley qui était trop fatigué pour discuter.

– Qu'est-ce que t'as dit? demanda le gros tas.

– Rien, répondit Stanley.

Le gros tas se leva. Il était au moins aussi grand et massif que Stanley, mais beaucoup plus coriace.

– T'as dit quelque chose, insista le gros tas.

Il enfonça un index boudiné dans le cou de Stanley.

– Qu'est-ce que t'as dit?

Un attroupement se forma rapidement autour d'eux.

– Laisse tomber, dit X-Ray en posant une main sur l'épaule de Stanley. Il vaut mieux ne pas chercher d'ennuis à l'Homme des cavernes.

– Il est sympa, l'Homme des cavernes, dit Aisselle.

– Je ne cherche aucun ennui, dit Stanley. Je suis fatigué, c'est tout.

Le gros tas émit un grognement.

X-Ray et Aisselle entraînèrent Stanley vers un canapé. Calamar se poussa pour laisser à Stanley la place de s'asseoir.

– T'as vu l'Homme des cavernes? dit X-Ray.

— C'est un dur, l'Homme des cavernes, répondit Calamar en donnant un petit coup de poing sur l'épaule de Stanley.

Stanley s'appuya contre le dossier du canapé recouvert de vinyle lacéré. Malgré la douche froide, son corps rayonnait encore de chaleur.

— Je n'ai rien cherché du tout, dit-il.

Après s'être tué au travail toute la journée sur le lac, Stanley n'avait pas la moindre envie de se laisser entraîner dans une bagarre avec quelqu'un qu'on appelait l'Homme des cavernes. Il était content que X-Ray et Aisselle soient venus à son secours.

— Alors, comment c'était, ton premier trou? demanda Calamar.

Stanley grogna et les autres éclatèrent de rire.

— C'est le premier trou qui est le plus dur, dit Stanley.

— Pas du tout, répondit X-Ray, le deuxième est encore beaucoup plus dur. Ça te fait mal avant même que t'aies commencé. Là, tu crois que t'as mal partout, mais attends un peu demain, tu verras.

— Ça, c'est vrai, dit Calamar.

— Et puis, c'est même plus amusant, dit X-Ray.

— Amusant? s'étonna Stanley.

— Me raconte pas d'histoires, dit X-Ray. Je parie que t'as toujours eu envie de creuser un grand trou, pas vrai? J'ai pas raison?

Stanley n'y avait jamais pensé auparavant, mais il ne voulait pas prendre le risque de dire à X-Ray qu'il n'avait pas raison.

— Tous les mômes du monde ont envie de creuser

un grand trou, reprit X-Ray. Pour aller en Chine, pas vrai ?

– Vrai, dit Stanley.

– Tu comprends ce que je veux dire ? poursuivit X-Ray. C'était ça que je voulais dire. Mais maintenant, c'est plus amusant du tout. Seulement voilà, on est obligés de le faire quand même, et de recommencer sans arrêt.

– Le Camp de la Fête et des Jeux, dit Stanley.

– Qu'est-ce qu'il y a, dans ta boîte ? demanda Calamar.

Stanley avait oublié qu'il l'avait emportée.

– Heu… c'est du papier. Je voulais écrire une lettre à ma mère.

– Ta mère ? dit Calamar en éclatant de rire.

– Elle va s'inquiéter si je ne lui écris pas.

Calamar fronça les sourcils.

Stanley jeta un coup d'œil autour de la pièce. C'était le seul endroit où les pensionnaires du camp pouvaient s'amuser un peu et qu'est-ce qu'ils en avaient fait ? Un tas de ruines. L'écran de la télé était fracassé, comme si quelqu'un y avait donné un coup de talon. Il manquait au moins un pied à chaque table et à chaque fauteuil. Tout était de travers.

Il attendit avant d'écrire sa lettre que Calamar se soit levé pour aller faire un billard.

Chère Maman,
Aujourd'hui, c'était mon premier jour au camp et je me suis déjà fait des amis. On a passé la journée sur le lac, je

suis donc très fatigué. Quand j'aurai réussi mon épreuve de
natation, j'apprendrai à faire du ski nautique. Je...

Il s'interrompit. Il sentait que quelqu'un lisait par-
dessus son épaule. Il se retourna et vit Zéro, debout
derrière le canapé.

– Je ne veux pas qu'elle se fasse de souci pour moi,
expliqua Stanley.

Zéro ne répondit rien. Il se contenta de regarder
fixement la lettre avec une expression grave, presque
irritée.

Stanley remit sa lettre dans la boîte.

– Est-ce que les chaussures avaient un X rouge
derrière? demanda Zéro.

Stanley mit un certain temps à comprendre que
Zéro lui parlait des chaussures de Clyde Livingston.

– Oui, oui, répondit-il.

Il se demanda comment Zéro pouvait bien savoir
ça. Brand X était une célèbre marque de baskets.
Peut-être que Clyde Livingston avait tourné dans un
film publicitaire pour eux.

Zéro le fixa pendant un bon moment, avec la
même intensité que lorsqu'il avait regardé la lettre.

Stanley enfonça un doigt à travers un trou du
canapé et enleva un morceau du rembourrage. Il avait
fait cela machinalement, sans s'en rendre compte.

– Viens, l'Homme des cavernes, on va dîner, dit
Aisselle.

– Tu viens, l'Homme des cavernes? ajouta Calamar.

Stanley regarda autour de lui et s'aperçut qu'Aisselle et Calamar s'adressaient à lui.

— Ah, heu… oui, bien sûr, dit-il.

Il rangea son papier à lettres dans sa boîte, puis se
leva et suivit les deux autres dans le réfectoire.

Ce n'était pas le gros tas qu'on appelait l'Homme
des cavernes. C'était lui.

Il haussa l'épaule gauche. Après tout, c'était toujours mieux que Sac-à-vomi.

10

Stanley n'eut aucun mal à s'endormir, mais le matin arriva beaucoup trop vite. Chaque muscle, chaque articulation de son corps lui faisait mal lorsqu'il essaya de s'arracher de son lit. Il n'aurait pas cru que c'était possible, mais il avait encore plus mal que la veille. La douleur ne se limitait plus aux bras et au dos, elle s'était à présent étendue aux jambes, aux chevilles, à la taille. La seule chose qui le décida à sortir du lit, ce fut que chaque seconde qu'il perdait le rapprochait du lever du soleil. Et il détestait le soleil.

Il arrivait à peine à soulever sa cuillère en prenant son petit-déjeuner et bientôt, il se retrouva à nouveau sur le lac, avec une pelle en guise de cuillère. Il trouva une nouvelle fissure dans le sol et commença à creuser son deuxième trou.

Il posa le pied sur la pelle et appuya sur l'extrémité du manche avec la base de son pouce. Il avait moins mal en s'y prenant ainsi qu'en saisissant le manche à pleines mains avec ses ampoules aux doigts.

Cette fois, il veilla à jeter loin de son trou la terre qu'il retirait. Il fallait garder libre la surface à creuser.

Aujourd'hui, il ne savait pas s'il arriverait au bout. X-Ray avait raison. C'était le deuxième trou le plus dur. Il faudrait un miracle pour l'aider.

Tant que le soleil n'était pas levé, il utilisa sa casquette pour se protéger les mains. Lorsque l'aube serait venue, il devrait la remettre sur sa tête. La veille, il avait pris un terrible coup de soleil sur le front et la nuque.

Il enlevait chaque pelletée de terre en essayant de ne pas penser à la tâche redoutable qu'il avait à accomplir. Au bout d'une heure environ, ses muscles douloureux commencèrent à se détendre un peu.

Il ahana en essayant de planter sa pelle dans la terre. Ses doigts glissèrent alors sur sa casquette et la pelle tomba.

Il la laissa là.

Il but de l'eau à son bidon. Il pensait que le camion n'allait pas tarder, mais il laissa un peu d'eau au fond du bidon, au cas où il se serait trompé. Il avait appris qu'il fallait toujours attendre de voir le pick-up arriver avant de boire la dernière goutte.

Le soleil n'était pas encore apparu, mais ses rayons dessinaient au-dessus de l'horizon un arc qui éclairait le ciel.

En se penchant pour récupérer sa casquette, Stanley vit juste à côté une grosse pierre plate. Il remit la casquette sur sa tête sans détacher son regard de la pierre.

Puis il la ramassa et l'observa attentivement. Il eut alors l'impression de voir la forme d'un poisson fossilisée dans le roc.

Lorsqu'il essuya la terre qui la recouvrait, les contours du poisson se dessinèrent plus clairement. Le soleil se montrait à l'horizon et la lumière de l'aube lui permit de distinguer les lignes minuscules que le squelette du poisson avait imprimées dans la pierre.

Il regarda le paysage désolé qui s'étendait autour de lui. Bien sûr, on appelait cet endroit «le lac», mais il était quand même difficile d'imaginer que cette terre aride avait été autrefois recouverte d'eau.

À cet instant, il se rappela ce que Mr Monsieur et Mr Pendanski lui avaient dit tous les deux. S'il trouvait quoi que ce soit d'intéressant, il devrait le montrer à l'un d'eux. Et si le Directeur appréciait sa découverte, il serait libre pour le reste de la journée.

Il regarda à nouveau l'empreinte du poisson. Le miracle était en train de se produire.

Il continua de creuser très lentement, en attendant l'arrivée du camion d'eau. Il ne voulait pas attirer l'attention sur sa découverte, de peur que quelqu'un essaie de la lui voler. Il jeta la pierre face contre terre à côté de son monticule, comme si elle n'avait aucune valeur. Quelques instants plus tard, il vit le nuage de poussière traverser le lac.

Le pick-up s'arrêta et la file d'attente se forma aussitôt. Stanley s'aperçut que chacun occupait toujours la même place dans la file, sans tenir compte du premier arrivé. X-Ray était toujours en tête. Puis venaient Aisselle, Calamar, Zigzag, Aimant et Zéro.

Stanley vint se placer derrière Zéro. Il était très content d'être le dernier, comme ça, personne ne verrait son fossile. Son pantalon avait de grandes poches, mais la pierre formait quand même un renflement.

Mr Pendanski remplit les bidons jusqu'à ce que Stanley, resté seul, arrive devant lui.

– J'ai trouvé quelque chose, dit-il en sortant la pierre de sa poche.

Mr Pendanski tendit la main vers le bidon, mais Stanley lui donna la pierre à la place.

– Qu'est-ce que c'est que ça?

– Un fossile, dit Stanley. Vous voyez le poisson?

Mr Pendanski regarda de plus près.

– Regardez, on voit même ses arêtes, dit Stanley.

– Intéressant, dit Mr Pendanski. Donne-moi ton bidon.

Stanley le lui tendit. Mr Pendanski le remplit puis le lui rendit.

– Alors? J'ai ma journée libre?

– Et pourquoi donc?

– Vous m'avez dit que si je trouvais quelque chose d'intéressant, le Directeur me donnerait une journée libre.

Mr Pendanski éclata de rire en lui rendant le fossile.

– Désolé, Stanley, dit-il. Le Directeur ne s'intéresse pas aux fossiles.

– Montre-moi ça, dit Aimant en prenant la pierre des mains de Stanley.

Stanley gardait les yeux fixés sur Mr Pendanski.

– Hé, Zig, regarde cette pierre, dit Aimant.

– Pas mal, dit Zigzag.

Stanley vit son fossile passer de main en main.

— Je ne vois rien, dit X-Ray.

Il retira ses lunettes, les essuya sur ses vêtements sales et les remit.

— Tu vois ? Regarde le petit poisson, dit Aisselle.

11

Stanley retourna auprès de son trou. Ce n'était pas juste. Mr Pendanski avait même dit que son fossile était intéressant. Il enfonça d'un coup sec sa pelle dans le sol et arracha une nouvelle motte de terre.

Au bout d'un moment, il remarqua que X-Ray s'était approché et le regardait creuser.

— Hé, l'Homme des cavernes, j'ai quelque chose à te dire, lança X-Ray.

Stanley reposa sa pelle et sortit de son trou.

— Écoute bien, dit X-Ray. Si tu trouves encore quelque chose, tu me le donnes, d'accord?

Stanley ne savait pas quoi répondre. De toute évidence, X-Ray était le chef du groupe et Stanley ne voulait pas se le mettre à dos.

— Tu es nouveau, ici, pas vrai? poursuivit X-Ray. Moi, ça fait près d'un an que je suis là. J'ai jamais rien trouvé. Faut dire que j'ai pas une très bonne vue. Personne ne le sait, mais tu sais pourquoi on m'appelle X-Ray?

Stanley haussa une épaule.

— Ça veut dire Rex en verlan. C'est tout. Rien à voir avec les rayons X. J'y vois trop mal pour trouver quoi que ce soit. Ce que je veux dire, c'est qu'il n'y a pas de raison pour que tu aies une journée libre alors que tu es là depuis seulement deux jours. Si quelqu'un doit en avoir une, c'est moi. Simple question de justice, pas vrai?

— Je pense, approuva Stanley.

X-Ray eut un sourire.

— Tu es un type bien, l'Homme des cavernes.

Stanley ramassa sa pelle.

Plus il y pensait, plus il était content d'avoir accepté de donner à X-Ray tout ce qu'il pourrait trouver. S'il voulait survivre au Camp du Lac vert, il était beaucoup plus important d'être considéré comme un type bien par X-Ray que d'avoir une journée libre. D'ailleurs, il ne s'attendait pas à trouver quoi que ce soit. Il n'y avait sûrement rien d'«intéressant» ici, et même s'il y avait quelque chose, il n'avait jamais été ce qu'on appelle un «veinard» et n'avait donc aucune chance de le découvrir.

Il enfonça la pelle dans le sol et enleva une nouvelle motte de terre. C'était un peu surprenant, pensat-il, que X-Ray soit le chef du groupe car, à l'évidence, il n'était ni le plus costaud ni le plus coriace. En fait, à part Zéro, X-Ray était même le plus petit. Le plus costaud, c'était Aisselle. Zigzag était peut-être un peu plus grand qu'Aisselle, mais seulement à cause de son cou. Pourtant, Aisselle et les autres semblaient disposés à faire tout ce que X-Ray leur demandait.

Tandis que Stanley dégageait une nouvelle pelletée de terre, il lui vint à l'esprit que, finalement, Aisselle n'était pas le plus costaud. C'était lui, l'Homme des cavernes, le plus costaud de tous.

Il était content qu'ils l'aient surnommé l'Homme des cavernes. Cela signifiait qu'ils l'avaient accepté au sein du groupe. Même s'ils l'avaient surnommé Sac-à-vomi, il aurait été content.

Il y avait quelque chose d'assez étonnant chez lui. À l'école, les brutes du genre de Derrick Dunne s'en prenaient toujours à lui. Et pourtant, Derrick Dunne aurait eu une peur bleue devant n'importe lequel des pensionnaires du camp.

En creusant son trou, Stanley se demanda ce qui se passerait si jamais Derrick Dunne devait se battre avec Aisselle ou Calamar. Derrick n'aurait pas la moindre chance, face à eux.

Il imagina ce qui se passerait s'il devenait très ami avec toute la bande et que, pour une raison ou pour une autre, ils viennent tous avec lui à l'école et que Derrick Dunne essaie de lui voler son cahier...

— *Non mais, qu'est-ce qui te prend ? demande Calamar en giflant à toute volée la petite tête arrogante de Derrick Dunne.*

— *L'Homme des cavernes, c'est notre copain, dit Aisselle en attrapant Dunne par le col de sa chemise.*

Stanley se repassa inlassablement la scène dans sa tête. Chaque fois, un autre membre du groupe D infligeait une correction à Derrick Dunne. Cette pensée l'aidait à creuser son trou et apaisait sa douleur. Car même s'il avait mal partout, la raclée que Derrick était en train de prendre était encore dix fois plus douloureuse.

12

À nouveau, Stanley fut le dernier à finir son trou. L'après-midi touchait à sa fin lorsqu'il put enfin se traîner jusqu'au camp. Cette fois, il aurait accepté de se faire ramener dans le pick-up si on le lui avait proposé.

Lorsqu'il pénétra dans la tente, Mr Pendanski et les autres étaient assis en cercle sur le sol.

— Bienvenue, Stanley, dit Mr Pendanski.

— Hé, l'Homme des cavernes, t'as fini de creuser ton trou ? demanda Aimant.

Stanley parvint tout juste à faire un signe de tête.

— Est-ce que t'as craché dedans ? demanda Calamar.

Stanley fit un nouveau signe de tête.

— Tu avais raison, dit-il à X-Ray, c'est le deuxième trou le plus dur.

X-Ray fit «non» de la tête.

— Le plus dur, c'est le troisième, dit-il.

— Viens te joindre à nous, dit Mr Pendanski.

Stanley se laissa tomber entre Aimant et Calamar. Il avait besoin de se reposer un peu avant d'aller prendre sa douche.

— On était en train de parler de ce qu'on voulait faire dans la vie, dit Mr Pendanski. On ne restera pas

éternellement au Camp du Lac vert. Il faut préparer le
jour où nous partirons d'ici pour nous intégrer à la
société.

— Alors ça, M'man, c'est formidable ! dit Aimant.
Vous croyez vraiment qu'ils vont finir par vous laisser
sortir ?

Les autres éclatèrent de rire.

— O.K. José, dit Mr Pendanski. Qu'est-ce que tu
veux faire dans la vie ?

— J'en sais rien, répondit Aimant.

— Il faut que tu y penses, dit Mr Pendanski. C'est important d'avoir un but dans la vie. Sinon, tu retourneras
tout droit en prison. Qu'est-ce que tu voudrais faire ?

— Je sais pas, dit Aimant.

— Il doit bien y avoir quelque chose qui te plaît, dit
Mr Pendanski.

— J'aime les animaux, dit Aimant.

— Très bien, dit Mr Pendanski. Est-ce que quelqu'un peut me citer un métier dans lequel on travaille
avec des animaux ?

— Vétérinaire, dit Aisselle.

— Très bien, approuva Mr Pendanski.

— Il pourrait travailler dans un zoo, dit Zigzag.

— Il fait déjà partie du zoo, lança Calamar.

Il éclata de rire en même temps que X-Ray.

— Et toi, Stanley, tu as une idée pour José ?

Stanley soupira.

— Dresseur, dit-il. Pour le cirque ou le cinéma, ou
quelque chose du même genre.

— Est-ce qu'un de ces métiers te semble attirant,
José ? demanda Mr Pendanski.

— Oui, j'aime bien ce qu'a dit l'Homme des cavernes. Dresser des animaux pour le cinéma. Ce serait rigolo de dresser des singes.

X-Ray éclata de rire.

— Ne ris pas, Rex, dit Mr Pendanski. On ne doit pas se moquer des rêves des gens. Il faut bien que quelqu'un s'occupe de dresser des singes pour le cinéma.

— Vous allez pas nous faire croire ça, M'man? dit X-Ray. Aimant n'arrivera jamais à être dresseur de singes.

— Tu n'en sais rien du tout, répliqua Mr Pendanski. Je ne dis pas que ce sera facile. Rien n'est facile dans la vie. Mais ce n'est pas une raison pour abandonner. Tu serais surpris de ce qu'on est capable d'accomplir quand on le décide vraiment. Après tout, on n'a qu'une seule vie, alors il faut en tirer le maximum.

Stanley se demanda quelle réponse il ferait si Mr Pendanski lui demandait ce qu'il voulait faire dans la vie. Il avait longtemps pensé à entrer au FBI, mais ce n'était pas le lieu idéal pour parler de ça.

— Jusqu'à présent, vous avez assez bien réussi à vous gâcher la vie, poursuivit Mr Pendanski. Même si vous croyez que vous êtes «cool», comme vous dites.

Il se tourna vers Stanley.

— Alors, toi, tu es l'Homme des cavernes, maintenant? Et ça te plaît de creuser des trous, l'Homme des cavernes?

Stanley ne sut quoi répondre.

— Je vais te dire quelque chose, l'Homme des

cavernes, reprit Mr Pendanski. Si tu es ici, c'est la faute de quelqu'un. Sans cette personne, tu ne serais pas là à creuser des trous en plein soleil. Et tu sais qui est cette personne ?

— C'est mon horrible-abominable-vaurien-d'arrière-arrière-grand-père-voleur-de-cochon, répondit Stanley.

Les autres se mirent à hurler de rire.

Même Zéro sourit.

C'était la première fois que Stanley voyait Zéro sourire. D'habitude, il avait toujours l'air en colère. Mais maintenant, son sourire était si large qu'il semblait même trop grand pour son visage, comme le sourire d'une citrouille le jour d'Halloween.

— Non, dit Mr Pendanski. Cette personne, c'est toi, Stanley. C'est à cause de toi que tu es ici. Tu es responsable de toi-même. Tu as gâché ta vie et il n'y a que toi qui puisses la réparer. Personne d'autre ne le fera pour toi — ni pour aucun d'entre vous.

Mr Pendanski regarda l'un après l'autre chacun des garçons assis en cercle.

— Chacun de vous est très particulier, à sa manière, dit-il. Vous avez chacun quelque chose à apporter aux autres. Alors, il faut que vous pensiez à ce que vous voulez faire et ensuite que vous le fassiez. Même toi, Zéro, tu n'es pas complètement inutile.

Le sourire avait disparu du visage de Zéro.

— Qu'est-ce que tu veux faire dans la vie ? demanda Mr Pendanski.

Les lèvres de Zéro restèrent étroitement serrées. Il jeta un regard noir à Mr Pendanski et ses yeux semblèrent se dilater.

— Alors, Zéro ? reprit Mr Pendanski. Qu'est-ce que tu aimerais faire, dans la vie ?

— J'aime bien creuser des trous, répondit Zéro.

13

Beaucoup trop vite à son goût, Stanley se retrouva à nouveau sur le lac à planter sa pelle dans le sol. X-Ray avait raison : c'était le troisième trou le plus dur. Et aussi le quatrième. Et le cinquième. Et le sixième et…

Il enfonça la pelle dans la terre.

Il avait fini par perdre la notion du temps et ne savait plus quel jour de la semaine on était, ni combien de trous il avait faits. Tout n'était plus qu'un grand trou qu'il mettrait un an et demi à creuser. Il pensa qu'il avait dû perdre deux bons kilos. Dans un an, ou bien il serait dans une forme physique éblouissante, ou bien il serait mort.

Il enfonça la pelle dans la terre.

Il ne ferait pas toujours aussi chaud, pensa-t-il. La température baisserait sûrement en décembre. Peut-être même qu'ils mourraient de froid à ce moment-là.

Il enfonça la pelle dans la terre.

Sa peau s'était endurcie. Maintenant, il n'avait plus mal quand il tenait la pelle.

En levant la tête pour boire l'eau de son bidon, il regarda le ciel. Un nuage était apparu un peu plus tôt ce jour-là. C'était le premier nuage qu'il voyait depuis son arrivée au Camp du Lac vert.

Tout le monde l'avait regardé toute la journée en espérant qu'il allait cacher le soleil. Parfois, il s'en rapprochait, mais c'était juste pour les faire enrager.

Les bords de son trou lui arrivaient à la taille. Il enfonça la pelle dans la terre. Lorsqu'il rejeta la pelletée hors du trou, il crut voir briller quelque chose qui disparut aussitôt, englouti dans le tas de terre.

Stanley observa un instant le monticule. Il n'était pas sûr d'avoir bien vu. Même s'il y avait quelque chose, à quoi cela pouvait-il bien l'avancer? Il avait promis à X-Ray de lui donner tout ce qu'il trouverait. Était-ce vraiment la peine de sortir du trou pour fouiller dans le tas de terre?

Il regarda le nuage qui s'était tellement rapproché du soleil qu'il dut cligner des yeux pour le voir.

Puis il enfonça à nouveau sa pelle dans le sol, dégagea une motte de terre et la souleva au-dessus du monticule. Mais au lieu de la renverser sur le tas, il la jeta à côté. Sa curiosité l'avait emporté.

Il se hissa hors de son trou et passa les doigts dans le monticule de terre. Il sentit alors quelque chose de dur et de métallique.

Il retira l'objet. C'était un tube doré qui avait à peu près la taille de son médius. Le tube était ouvert d'un côté et fermé de l'autre.

Il utilisa quelques gouttes de sa précieuse eau pour le nettoyer.

Quelque chose semblait gravé à l'extrémité plate du tube. Il y versa encore quelques gouttes d'eau et frotta le métal avec la doublure de sa poche de pantalon.

Il regarda à nouveau le motif gravé et distingua un cœur avec les lettres *K B* inscrites à l'intérieur.

Stanley essaya de réfléchir à un moyen de ne pas donner le tube à X-Ray. Il aurait pu le garder, mais il n'en aurait retiré aucun profit. Ce qu'il voulait, c'était une journée libre.

Il regarda les gros tas de terre, à côté du trou que X-Ray était en train de creuser. X-Ray devait avoir presque terminé. Avoir le reste de la journée libre ne lui serait d'aucune utilité. Il lui faudrait d'abord montrer le tube à Mr Monsieur ou à Mr Pendanski qui devraient eux-mêmes le montrer au Directeur. À ce moment-là, X-Ray aurait sans doute fini de creuser.

Stanley se demanda s'il ne pourrait pas apporter discrètement le tube au Directeur. Il lui expliquerait la situation et le Directeur trouverait peut-être un autre motif pour lui accorder sa journée sans que X-Ray soupçonne quoi que ce soit.

Il regarda la cabane en rondins derrière les deux chênes, à l'autre bout du lac. L'endroit lui faisait peur. Il y avait maintenant près de deux semaines qu'il était au Camp du Lac vert et il n'avait toujours pas vu le Directeur. C'était d'ailleurs aussi bien comme ça. S'il pouvait passer ses dix-huit mois sans jamais avoir affaire au Directeur, il en serait ravi.

En plus, il ne savait pas si le Directeur trouverait le tube «intéressant». Il le regarda à nouveau. L'objet avait quelque chose de familier. Stanley avait l'impression d'avoir déjà vu quelque chose de semblable auparavant, mais il ne se souvenait plus où.

— Qu'est-ce que t'as là, l'Homme des cavernes? demanda Zigzag.

Stanley referma sa grosse main autour du tube.

— Rien, c'est simplement un...

Mais c'était inutile.

— Je crois que j'ai trouvé quelque chose.

— Un autre fossile?

— Je ne sais pas ce que c'est.

— Fais-moi voir, dit Zigzag.

Au lieu de le lui montrer, Stanley apporta le tube à X-Ray. Zigzag le suivit.

X-Ray regarda l'objet, puis il essuya ses lunettes sales sur sa chemise sale et le regarda à nouveau. Un par un, les autres laissèrent tomber leurs pelles et s'approchèrent pour voir ce qui se passait.

— On dirait une vieille cartouche de fusil, dit Calamar.

— Ouais, c'est sans doute ça, dit Stanley.

Il décida de ne pas parler du motif gravé. Peut-être que personne ne le remarquerait. En tout cas, il ne pensait pas que X-Ray le verrait.

— Non, c'est trop long et trop fin pour être une cartouche, dit Aimant.

— C'est sans doute un vieux machin sans valeur, dit Stanley.

— Je vais le montrer à M'man, dit X-Ray. On va

voir ce qu'il en pense. Qui sait ? Peut-être que j'aurai ma journée ?

— Tu as presque fini ton trou, fit remarquer Stanley.

— Ouais et alors ?

Stanley haussa une épaule.

— Pourquoi tu n'attends pas demain pour le montrer à M'man ? suggéra-t-il. Tu peux faire semblant de l'avoir trouvé en commençant à creuser et, comme ça, tu seras libre pendant une journée entière, au lieu d'une heure cet après-midi.

X-Ray sourit.

— Bien vu, l'Homme des cavernes.

Il laissa tomber le tube dans la grande poche de son pantalon orange et sale.

Stanley retourna dans son trou.

Lorsque le camion d'eau arriva, Stanley prit sa place au bout de la file, mais X-Ray lui dit de se mettre derrière Aimant, devant Zéro.

Stanley avança alors d'un rang.

14

Cette nuit-là, étendu sur son lit de camp rugueux et malodorant, Stanley se demanda s'il aurait pu s'y prendre autrement, mais il n'y avait rien d'autre à faire. Pour une fois, dans sa vie de malchance, il s'était trouvé au bon endroit au bon moment, mais il n'en avait tiré aucun avantage.

— Tu l'as? demanda-t-il à X-Ray le lendemain pendant le petit-déjeuner.

X-Ray le regarda, les paupières mi-closes derrière ses lunettes sales.

— Je ne vois pas de quoi tu veux parler, grommela-t-il.

— Tu sais bien… dit Stanley.

— Je ne sais rien du tout! répliqua sèchement X-Ray. Fiche-moi la paix, tu veux? Je n'ai pas envie de te parler.

Stanley ne dit plus un mot.

Mr Monsieur les accompagna sur le lac en mâchant des graines de tournesol dont il crachait les écorces tout au long du chemin. Il traça plusieurs marques sur le sol avec le talon de sa botte pour montrer à chacun l'endroit où il devrait creuser.

D'un coup de pied, Stanley enfonça la pelle dans le sol sec et dur. Il n'arrivait pas à comprendre pourquoi

X-Ray lui avait parlé sur ce ton. S'il n'avait pas l'intention de montrer le tube, pourquoi l'avait-il obligé à le lui donner? Voulait-il le garder pour lui? Le tube était doré mais Stanley ne pensait pas qu'il soit vraiment en or.

Le camion d'eau arriva peu après le lever du soleil. Stanley but la dernière goutte de son bidon et sortit de son trou. À cette heure de la journée, il voyait parfois au loin des collines ou des montagnes dont les contours se dessinaient de l'autre côté du lac. Elles n'étaient visibles qu'un court moment et disparaissaient très vite derrière une brume de chaleur et de poussière.

Le pick-up s'arrêta et le nuage de poussière poursuivit son chemin quelques instants. X-Ray prit sa place au premier rang de la file. Mr Pendanski remplit son bidon.

— Merci M'man, dit X-Ray.

Il ne parla pas du tube.

Mr Pendanski remplit tous les bidons, puis remonta dans la cabine du pick-up. Il devait maintenant apporter de l'eau au groupe E. Stanley les voyait creuser deux cents mètres plus loin.

— Mr Pendanski! s'écria alors X-Ray dans son trou. Attendez! Mr Pendanski! Je crois que j'ai trouvé quelque chose!

Les autres suivirent Mr Pendanski qui s'était précipité vers X-Ray. Stanley vit le tube doré pointer au milieu d'un tas de terre, sur la pelle de X-Ray.

Mr Pendanski examina l'objet et regarda longuement l'extrémité plate sur laquelle était gravée le cœur.

— Je crois que le Directeur va beaucoup apprécier ça, dit-il.

— Est-ce que X-Ray va avoir une journée libre ? demanda Calamar.

— Continue à creuser jusqu'à nouvel ordre, répondit Mr Pendanski.

Il eut alors un sourire.

— Mais si j'étais toi, Rex, je ne creuserais pas trop dur.

Stanley regarda le nuage de poussière traverser le lac jusqu'à la cabane en rondins, derrière les deux arbres.

Le groupe E allait devoir attendre.

Le pick-up ne mit guère longtemps à revenir. Mr Pendanski sortit de la cabine. Une femme de grande taille, les cheveux roux, descendit également, côté passager. Aux yeux de Stanley, qui était retourné au fond de son trou, elle paraissait encore plus grande qu'elle ne l'était en réalité. Elle portait un chapeau de cow-boy noir et des bottes de cow-boy également noires, incrustées de pierres couleur turquoise. Les manches de sa chemise étaient remontées. Ses bras et son visage étaient couverts de taches de rousseur. Elle se dirigea droit sur X-Ray.

— C'est ici que tu as trouvé ça ?

— Oui, madame.

— C'est du bon travail, tu vas être récompensé.

Elle se tourna vers Mr Pendanski.

— Reconduisez X-Ray au camp, dit-elle. Il aura droit à une double douche et vous lui donnerez des vêtements propres. Mais pour commencer, vous allez remplir tous les bidons.

— Je viens de les remplir il y a quelques instants, fit observer Mr Pendanski.

La femme le regarda fixement.

— Pardon ? dit-elle d'une voix douce.

— Je venais de remplir les bidons quand Rex...

— Pardon ? répéta la femme. Est-ce que je vous ai demandé à quel moment vous les aviez remplis ?

— Non, mais j'ai juste...

— Pardon ?

Mr Pendanski se tut. La femme lui fit signe de s'approcher en remuant son index recourbé.

— Il fait chaud, et il va faire de plus en plus chaud, dit-elle. Ces braves garçons ont travaillé très dur. Vous ne pensez pas qu'ils auraient déjà pu boire une partie de leur eau depuis que vous avez rempli leurs bidons ?

Mr Pendanski ne répondit rien.

La femme se tourna vers Stanley.

— Viens voir ici, l'Homme des cavernes.

Stanley fut surpris qu'elle connaisse son surnom. Il ne l'avait jamais vue. Jusqu'à ce qu'elle sorte du pick-up, il ne savait même pas que «le Directeur» était une femme.

Il s'approcha d'elle avec une certaine appréhension.

— Mr Pendanski et moi venons d'avoir une petite discussion. Est-ce que tu as bu de l'eau depuis qu'il a rempli ton bidon ?

Stanley ne voulait causer aucun ennui à Mr Pendanski.

— Il m'en reste encore plein, dit-il.

— Pardon ?

Il marqua une pause.

— Oui, j'en ai bu un peu.

— Merci. Je peux voir ton bidon, s'il te plaît?

Stanley le lui tendit. Il remarqua que ses ongles étaient peints d'un vernis rouge foncé.

Elle remua légèrement le bidon en faisant clapoter l'eau à l'intérieur.

— Vous entendez cet espace vide? demanda-t-elle.

— Oui, répondit Mr Pendanski.

— Alors, remplissez-le. Et la prochaine fois que je vous dirai de faire quelque chose, j'aimerais que vous le fassiez sans mettre mon autorité en question. Si c'est trop difficile pour vous de remplir un bidon, je vous donnerai une pelle. Comme ça, vous pourrez creuser des trous et, pendant ce temps-là, l'Homme des cavernes remplira votre bidon.

Elle se retourna vers Stanley.

— Je pense que ça ne te gênerait pas trop, n'est-ce pas?

— Non, dit Stanley.

— Alors, qu'est-ce que vous décidez? demanda-t-elle à Mr Pendanski. Vous préférez remplir les bidons ou creuser un trou?

— Je vais remplir les bidons, répondit Mr Pendanski.

— Merci.

15

Mr Pendanski remplit les bidons.

Le Directeur prit une fourche sur la plate-forme du pick-up et l'enfonça à plusieurs reprises dans le tas de terre de X-Ray pour voir si quelque chose d'autre ne s'y trouvait pas.

— Quand vous aurez déposé X-Ray au camp, vous me rapporterez trois brouettes, dit-elle à Mr Pendanski.

X-Ray monta dans le pick-up. Tandis que le camion s'éloignait, il se pencha à la fenêtre et fit un signe de la main.

— Zéro, dit le Directeur, tu vas continuer à creuser le trou de X-Ray.

Elle semblait savoir que c'était Zéro qui creusait le plus vite.

— Aisselle et Calamar, vous continuerez à creuser là où vous étiez, poursuivit-elle. Mais vous aurez quelqu'un pour vous aider. Zigzag, tu aideras Aisselle. Aimant aidera Calamar. Et toi, l'Homme des cavernes, tu feras équipe avec Zéro. On va creuser la terre deux fois. Zéro creusera le trou et l'Homme des cavernes remplira une brouette avec la terre en regardant très attentivement. Zigzag fera pareil avec Aisselle, même chose pour Aimant et Calamar. Il faudra ouvrir l'œil et ne rien laisser passer. Si l'un de vous trouve quelque chose, lui et son copain auront droit à la journée libre et à une double douche. Quand les brouettes seront pleines, vous irez les renverser ailleurs qu'ici. On ne va pas s'encombrer avec tous ces tas de terre.

Le Directeur resta avec eux toute la journée, en compagnie de Mr Pendanski et de Mr Monsieur qui était venu les rejoindre. Parfois, Mr Monsieur partait au volant du pick-up pour donner à boire aux autres groupes. Le reste du temps, il attendait là avec le camion d'eau. Le Directeur veillait à ce que personne n'ait soif, dans le groupe D.

Stanley fit ce qu'on lui avait dit. Il remplissait la brouette en examinant soigneusement la terre que Zéro sortait du trou, mais il savait bien qu'il ne trouverait rien du tout.

C'était plus facile que de creuser son propre trou. Quand la brouette était pleine, il allait la vider à bonne distance.

Le Directeur ne tenait pas en place. Elle n'arrêtait pas d'aller d'un trou à l'autre, regardant par-dessus leurs épaules, plantant sa fourche dans les tas de terre.

– Tu fais du très bon travail, du très bon travail, dit-elle à Stanley.

Au bout d'un moment, elle ordonna d'échanger les tâches. Stanley, Zigzag et Aimant se mirent à creuser les trous, tandis que Zéro, Aisselle et Calamar remplissaient les brouettes.

Après le déjeuner, Zéro recommença à creuser et Stanley se chargea à nouveau de la brouette.

— Inutile de se presser, répéta plusieurs fois le Directeur. L'important, c'est de ne rien laisser passer.

Ils creusèrent jusqu'à ce que les trous aient près de deux mètres de profondeur et de diamètre. Mais il était plus facile de creuser à deux un trou de deux mètres que tout seul un trou d'un mètre cinquante.

— Très bien, ça suffit pour aujourd'hui, dit le Directeur. J'ai attendu jusqu'ici, je peux attendre une journée de plus.

Mr Monsieur la reconduisit jusqu'à sa cabane.

— Je me demande comment elle fait pour connaître nos surnoms, dit Stanley tandis qu'il rentrait au camp en compagnie de ses camarades.

— Elle nous surveille sans arrêt, dit Zigzag. Il y a des micros et des caméras cachés dans tous les coins. Dans les tentes, la salle de destruction, les douches.

— Les douches? s'étonna Stanley.

Il se demanda si Zigzag n'était pas un peu para-noïaque.

— Ce sont des caméras minuscules, dit Aisselle. Pas plus grandes que l'ongle de ton petit doigt de pied.

Stanley était sceptique. Il ne pensait pas qu'on puisse faire des caméras aussi petites. Des micros, peut-être.

Il comprit alors que c'était la raison pour laquelle X-Ray n'avait pas voulu lui parler du tube au petit déjeuner. Il avait eu peur que le Directeur écoute leur conversation.

Une chose était certaine: ce n'était pas seulement pour leur «forger le caractère» qu'on leur faisait creuser des trous. De toute évidence, il s'agissait de cher-cher quelque chose.

Mais quel que fût l'objet de cette recherche, ce n'était pas là qu'on le découvrirait.

Stanley regarda le lac, en direction de l'endroit où il avait creusé la veille, quand il avait déterré le tube doré. Ce trou-là, il allait le creuser dans sa mémoire pour être sûr de le retrouver.

16

Lorsque Stanley entra dans la salle de destruction, il entendit la voix de X-Ray qui retentissait dans toute la pièce.

— Tu comprends ce que je dis? s'exclamait X-Ray. J'ai raison, non? J'ai pas raison?

Les autres n'étaient plus que des sacs de chair et d'os affalés sur des fauteuils ou des canapés en ruines. Mais X-Ray, lui, était plein d'énergie, riant et parlant avec de grands gestes des bras.

— Ho, l'Homme des cavernes! lança-t-il. Mon copain!

Stanley traversa la salle.

— Hé, pousse-toi, Calamar, dit X-Ray. Fais de la place à l'Homme des cavernes.

Stanley se laissa tomber de tout son poids sur le canapé.

Il avait regardé s'il y avait une caméra cachée dans les douches, mais il n'avait rien vu et il espérait que le Directeur n'avait rien vu non plus.

— Qu'est-ce qui se passe, les gars? demanda X-Ray. Vous êtes fatigués ou quoi?

Il éclata de rire.

— Hé, mets une sourdine, grommela Zigzag, j'essaie de regarder la télé.

Stanley jeta un coup d'œil perplexe à Zigzag qui regardait fixement l'écran fracassé de la télévision.

Le lendemain, le Directeur les accueillit au petit-déjeuner et les accompagna jusqu'à l'emplacement où ils devaient creuser leurs trous. Ils étaient quatre à creuser, les trois autres s'occupaient des brouettes.

— Contente que tu sois là, X-Ray, dit-elle, on a besoin de ta vue perçante.

Stanley passa plus de temps à pousser la brouette qu'à creuser car il creusait beaucoup plus lentement que les autres. Il emportait les tas de terre inutiles et les déversait dans d'anciens trous. Mais il prit bien garde à ne rien verser dans le trou où il avait trouvé le tube doré.

L'image du tube lui trottait dans la tête. Il lui semblait tellement familier et pourtant il n'arrivait pas à se souvenir de l'endroit où il aurait pu le voir. Il pensa que c'était peut-être le capuchon d'un stylo fantaisie. K.B. pouvaient être les initiales d'un écrivain célèbre. Les seuls écrivains célèbres qui lui venaient à l'esprit étaient Charles Dickens, William Shakespeare et Mark Twain. Et d'ailleurs, le tube ne ressemblait pas à un capuchon de stylo.

Quand arriva l'heure du déjeuner, le Directeur commençait à perdre patience. Elle les fit manger rapidement pour qu'ils retournent très vite au travail.

— Si vous n'arrivez pas à les faire travailler plus vite, dit-elle à Mr Monsieur, il faudra que vous alliez creuser avec eux.

À partir de ce moment, tout le monde travailla

beaucoup plus vite, surtout quand Mr Monsieur se trouvait à proximité. Stanley courait presque quand il poussait la brouette et Mr Monsieur leur rappelait sans cesse qu'ils n'étaient pas chez les Girl Scouts.

Lorsqu'ils cessèrent enfin de creuser, les autres groupes avaient déjà fini leur journée.

Ce soir-là, vautré dans un fauteuil qui avait perdu une bonne partie de son rembourrage, Stanley réfléchit à un moyen d'indiquer au Directeur à quel endroit le tube avait été véritablement découvert, sans s'attirer d'ennuis, ni en attirer à X-Ray. Apparemment, c'était impossible. Il envisagea même de se faufiler hors de la tente en pleine nuit pour aller creuser le trou tout seul. Mais après avoir creusé toute la journée, il n'avait pas la moindre envie de recommencer la nuit. En plus, la nuit, les pelles étaient mises sous clé, sans doute pour qu'on ne puisse pas s'en servir comme armes.

Mr Pendanski entra dans la salle de destruction.

— Stanley, dit-il en s'approchant de lui.

— Son nom, c'est l'Homme des cavernes, dit X-Ray.

— Stanley, répéta Mr Pendanski.

— Mon nom, c'est l'Homme des cavernes, dit Stanley.

— J'ai une lettre pour un certain Stanley Yelnats, dit Mr Pendanski.

Il jeta un coup d'œil à l'enveloppe qu'il tenait à la main.

— Je ne vois pas écrit «l'Homme des cavernes».

— Heu… merci, dit Stanley en prenant l'enveloppe.

C'était une lettre de sa mère.

— De qui c'est? demanda Calamar. Ta mère?

Stanley rangea la lettre dans la grande poche de son pantalon.

— Tu ne veux pas nous la lire? demanda Aisselle.

— Fous-lui un peu la paix, dit X-Ray. Si l'Homme des cavernes ne veut pas nous lire sa lettre, il n'est pas obligé. Ça doit venir de sa petite amie.

Stanley eut un sourire.

Il lut la lettre un peu plus tard, quand les autres eurent quitté la salle pour aller dîner.

Cher Stanley,

Nous avons été ravis d'avoir de tes nouvelles. En lisant ta lettre, j'ai eu l'impression d'être comme les autres mères qui ont les moyens d'envoyer leurs enfants en camp de vacances. Je sais bien que ce n'est pas la même chose, mais je suis très fière que tu essaies de tirer le meilleur parti de la situation. Qui sait? Peut-être qu'il sortira de tout cela quelque chose de positif?

Ton père pense qu'il est sur le point de faire une découverte importante dans ses recherches sur les baskets. J'espère que c'est vrai. Le propriétaire menace de nous expulser à cause de l'odeur.

Je compatis avec la vieille dame qui habitait dans une chaussure. L'odeur devait être épouvantable!

On t'embrasse très fort tous les deux.

— Qu'est-ce qu'il y a de si drôle? demanda Zéro.

Stanley sursauta. Il pensait que Zéro était allé dîner avec les autres.

— Rien, c'est quelque chose que ma mère a écrit.

— Qu'est-ce qu'elle dit?

— Rien.

— Ah bon, excuse-moi, dit Zéro.

— C'est à cause de mon père qui essaie d'inventer un moyen de recycler les vieilles baskets. Il est toujours en train de faire cuire des vieilles semelles, alors, forcément, l'appartement ne sent pas très bon. Et dans sa lettre, ma mère dit qu'elle compatit avec la vieille dame qui habitait dans une chaussure parce que ça devait sentir très mauvais, chez elle.

Zéro lui jeta un regard vide.

— Tu connais la comptine?

Zéro resta silencieux.

— Tu l'as déjà entendue, la comptine sur la vieille dame qui habite dans une chaussure?

— Non.

Stanley parut stupéfait.

— C'est comment? demanda Zéro.

— Tu n'as jamais vu *Sesame Street*? s'étonna Stanley. Tu sais, l'émission de télé, quand on était petits?

Zéro eut le même regard vide.

Stanley se leva pour aller dîner. Il se serait senti passablement ridicule s'il s'était mis à réciter des comptines au Camp du Lac vert.

17

Pendant une semaine et demie, ils continuèrent de creuser un peu partout autour de l'endroit où X-Ray était censé avoir découvert le tube doré. Ils agrandirent le trou de X-Ray, ainsi que ceux d'Aisselle et de Calamar. Au bout de quatre jours, les trois trous n'en formèrent plus qu'un seul de grande taille.

À mesure que les jours passaient, le Directeur perdait de sa patience. Elle arrivait plus tard le matin et partait plus tôt l'après-midi. Mais les garçons, eux, continuaient à creuser de plus en plus tard.

— Le trou n'a pas grandi depuis hier, dit-elle un jour qu'elle était arrivée tard, bien après le lever du soleil. Qu'est-ce que vous avez fabriqué?

— Rien, répondit Calamar.

C'était la chose à ne pas dire.

À cet instant, Aisselle revenait des toilettes.

— C'est très gentil à toi de venir nous rejoindre, lança le Directeur. On peut savoir ce que tu faisais?

— J'avais besoin de... enfin... d'aller au...

Le Directeur piqua Aisselle avec sa fourche et le poussa dans le grand trou. Les dents de la fourche avaient fait trois trous sur le devant de sa chemise et trois gouttelettes de sang étaient apparues.

— Vous donnez beaucoup trop d'eau à ces garçons, dit alors le Directeur à Mr Pendanski.

Ils continuèrent à creuser jusque tard dans l'après-midi, bien après que les autres groupes eurent fini leur journée. Stanley était au fond du grand trou avec les six autres. À présent, ils n'utilisaient plus de brouettes.

Stanley planta sa pelle au bord du trou pour l'élargir. Il enleva de la terre et s'apprêtait à la rejeter à la surface lorsque la pelle de Zigzag le frappa sur le côté de la tête.

Il s'effondra.

Il ne savait pas très bien s'il avait perdu connaissance ou pas. Il leva les yeux et vit le visage farouche de Zigzag qui le regardait fixement.

— Moi, j'enlève pas cette terre-là, dit-il. C'est la tienne.

— Hé, M'man! appela Aimant. L'Homme des cavernes est blessé.

Stanley se tâta le cou. Il sentit au bout de ses doigts son sang humide et une belle entaille sous son oreille.

Aimant aida Stanley à se relever et à sortir du trou. Mr Monsieur déchira un morceau du sac qui contenait ses graines de tournesol et le lui attacha autour de sa blessure en guise de pansement. Puis il lui ordonna de se remettre au travail.

— Ce n'est pas l'heure de la sieste, dit-il.

Lorsque Stanley redescendit dans le trou, Zigzag l'y attendait.

— Ça, c'est ta terre, dit Zigzag. C'est à toi de l'enlever. Elle recouvre ma terre à moi.

Stanley se sentait un peu étourdi. Il vit un petit tas à ses pieds et mit un certain temps à comprendre qu'il s'agissait de la terre que contenait sa pelle au moment où il avait reçu le coup.

Il la ramassa et Zigzag planta alors sa propre pelle dans le sol, à l'endroit qu'avait momentanément recouvert la « terre de Stanley ».

18

Le lendemain matin, Mr Monsieur emmena le groupe dans un autre secteur du lac et chacun creusa son propre trou d'un mètre cinquante de profondeur et de diamètre. Stanley était content de se retrouver loin du grand trou. Maintenant, au moins, il savait exactement combien il aurait à creuser jusqu'à la fin de la journée. C'était un soulagement de ne plus voir les pelles des autres lui passer sous le nez et aussi d'échapper à la surveillance du Directeur.

Il planta sa pelle dans le sol puis se retourna précautionneusement pour déverser la terre un peu plus loin. Il était obligé de faire des gestes lents, tout en douceur. Quand il bougeait trop brusquement, il sentait une douleur le lancer au-dessus du cou, là où la pelle de Zigzag l'avait frappé.

Cette partie de sa tête, entre son cou et son oreille, avait considérablement enflé. Il n'y avait pas de miroirs dans le camp mais il s'imaginait avec un œuf dur qui lui sortait du cou.

Le reste de son corps ne lui faisait pratiquement plus mal. Ses muscles s'étaient fortifiés et il avait à présent des cals sur les mains. C'était toujours lui qui creusait le plus lentement, mais à peine plus lentement qu'Aimant. Moins d'une demi-heure après qu'Aimant eut regagné le camp, Stanley cracha dans son trou.

Après sa douche, il rangea ses vêtements sales dans son casier et sortit son papier à lettres. Il resta dans la tente pour écrire, comme ça Calamar et les autres ne se moqueraient pas de lui parce qu'il écrivait à sa mère.

Cher Papa, chère Maman,
C'est dur, la vie au camp, mais c'est aussi stimulant. On a fait des courses d'obstacles et on doit nager très loin sur le lac. Demain, on va apprendre…

Il cessa d'écrire en voyant Zéro entrer dans la tente. Puis il poursuivit sa lettre. Il ne se souciait pas de ce que pouvait penser Zéro. Zéro n'était personne.

… à escalader les rochers. Je sais que ça peut paraître un peu dangereux, mais ne t'inquiète pas.

Zéro s'était approché de lui et le regardait écrire.

Stanley se retourna et sentit la douleur dans son cou.

— J'aime pas que tu lises par-dessus mon épaule, d'accord?

Zéro ne répondit rien.

Je ferai attention. Ici, ce n'est pas tous les jours la fête et on ne fait pas que des jeux, mais je crois que c'est très profitable. Ça forge le caractère. Les autres…

— Je ne sais pas, dit Zéro.
— Quoi?
— Tu pourrais m'apprendre?

101

Stanley ne comprenait pas de quoi il voulait parler.

— T'apprendre quoi? À escalader les rochers?

Zéro le regarda avec des yeux perçants.

— Quoi? dit Stanley.

Il avait chaud, il était fatigué et son cou lui faisait mal.

— Je veux apprendre à lire et à écrire, dit Zéro.

Stanley laissa échapper un petit rire. Ce n'était pas pour se moquer de Zéro. Il était simplement surpris. Pendant tout ce temps, il avait cru que Zéro lisait par-dessus son épaule.

— Désolé, dit Stanley, je ne sais pas comment on fait pour apprendre aux autres.

Après avoir passé la journée à creuser, il n'avait plus la force d'apprendre à lire et à écrire à Zéro. Il devait économiser son énergie pour la consacrer aux gens qui comptaient.

— Tu n'as pas besoin de m'apprendre à écrire, dit Zéro. Simplement à lire. De toute façon, j'ai personne à qui écrire.

— Désolé, répéta Stanley.

Ses muscles et ses mains n'étaient pas les seules parties de son corps qui s'étaient endurcies au cours des semaines passées. Son cœur aussi s'était endurci.

Il termina sa lettre. Il n'avait pas suffisamment de salive pour cacheter son enveloppe et lécher le timbre. Quelle que fût la quantité d'eau qu'il buvait, il avait toujours soif.

19

Une nuit, il fut réveillé par un bruit étrange. Au début, il crut qu'il s'agissait d'un animal et il eut peur. Mais à mesure qu'il émergeait du sommeil, il se rendit compte que le bruit venait du lit de camp à côté de lui.

Calamar pleurait.

— Ça va ? murmura Stanley.

La tête de Calamar se tourna brusquement vers lui. Il renifla et reprit sa respiration.

— Ouais, ouais, ça va... ça va très bien, chuchota-t-il.

Il renifla à nouveau.

Au matin, Stanley demanda à Calamar s'il se sentait mieux.

— Tu te prends pour ma mère, ou quoi ? demanda Calamar.

Stanley haussa une épaule.

— J'ai des allergies, d'accord ? dit Calamar.

— D'accord, d'accord, répondit Stanley.

— Si t'ouvres encore ta gueule, je te la casse.

La plupart du temps, Stanley n'ouvrait plus la bouche. Il ne parlait pas beaucoup aux autres, de peur de dire ce qu'il ne fallait pas. Ils l'appelaient l'Homme des cavernes, mais il ne devait pas oublier qu'ils étaient dangereux. Ils étaient là pour des raisons bien précises. Comme le disait Mr Monsieur, ce n'était pas un camp de Girl Scouts.

Stanley était content qu'il n'y ait pas de problèmes raciaux. X-Ray, Aisselle et Zéro étaient noirs. Lui, Calamar et Zigzag étaient blancs. Aimant était hispano. Mais sur le lac, ils avaient la même couleur brun-rouge – la couleur de la terre.

Au fond de son trou, il releva la tête et vit le camion d'eau, suivi de son nuage de poussière. Son bidon contenait encore presque un quart de son eau. Il se dépêcha de la boire, puis alla prendre sa place dans la file, derrière Aimant et devant Zéro. L'air était saturé de chaleur, de poussière et de gaz d'échappement.

Mr Monsieur remplit leurs bidons.

Le camion s'éloigna. Stanley était de retour dans son trou, sa pelle à la main, lorsqu'il entendit Aimant crier:

– Quelqu'un veut des graines de tournesol?

Aimant se tenait au-dessus de son trou, un sac de graines à la main. Il en enfourna une poignée, les mâcha et les avala, écorces comprises.

– Par ici, lança X-Ray.

Le sac paraissait à demi plein. Aimant le referma et le lança à X-Ray.

– Comment tu as fait pour les prendre sans que Mr Monsieur s'en aperçoive? demanda Aisselle.

– Je n'y peux rien, répondit Aimant.

Il leva les mains, agita les doigts et éclata de rire.

— Mes doigts sont comme de petits aimants, dit-il.

Le sac passa de X-Ray à Aisselle, puis à Calamar.

— Ça fait du bien de manger quelque chose qui ne vient pas d'une boîte de conserve, dit Aisselle.

Calamar lança le sac à Zigzag.

Stanley savait qu'après ce serait son tour. Mais il n'en avait même pas envie. Dès le moment où Aimant s'était écrié : «Quelqu'un veut des graines de tournesol?», il avait su que des ennuis s'annonçaient. Mr Monsieur allait sûrement revenir. Et d'ailleurs, les graines salées ne feraient que lui donner encore plus soif.

— À toi, l'Homme des cavernes, dit Zigzag. Par avion et en recommandé.

Impossible de dire si les graines se répandirent avant d'arriver jusqu'à Stanley ou après qu'il eut laissé tomber le sac. Il lui sembla que Zigzag n'avait pas refermé le sac avant de le lui envoyer et que c'était la raison pour laquelle il n'avait pas pu le rattraper.

En tout cas, tout se passa très vite. Stanley vit le sac s'envoler et une fraction de seconde plus tard le sac se trouvait au fond de son trou et les graines de tournesol s'étaient répandues par terre.

— Oh, là, là! dit Aimant.

— Désolé, dit Stanley en essayant de ramasser les graines et de les remettre dans le sac.

— Je ne veux pas manger de la terre, dit X-Ray.

Stanley ne savait pas quoi faire.

— Le camion revient! cria Zigzag.

Stanley jeta un coup d'œil au nuage de poussière qui approchait, puis regarda à nouveau les graines répandues au fond de son trou. Une fois de plus, il se trouvait au mauvais endroit au mauvais moment.

Rien de bien nouveau.

Il planta la pelle dans le sol et essaya de recouvrir les graines de terre.

Plus tard, il comprit qu'il aurait dû faire tomber dans son trou un des tas de terre déjà accumulés. Mais l'idée de mettre de la terre *dans* son trou était impensable.

— Tiens, Mr Monsieur, déjà de retour ? lança X-Ray.

— Vous venez à peine de partir, dit Aisselle.

— Le temps passe vite quand on s'amuse, dit Aimant.

Stanley continuait de retourner la terre dans son trou.

— Alors, les Girl Scouts, vous vous offrez un peu de bon temps ? demanda Mr Monsieur.

Il alla d'un trou à l'autre. Il donna un coup de pied dans un tas de terre, à côté du trou d'Aimant, puis il s'approcha de Stanley.

Stanley vit deux graines de tournesol au fond de son trou. En essayant de les recouvrir, il déterra un coin du sac.

— Qu'est-ce qui se passe, l'Homme des cavernes ? dit Mr Monsieur, debout au bord du trou. On dirait que tu as trouvé quelque chose.

Stanley ne savait pas quoi faire.

— Déterre-moi ça, dit Mr Monsieur. On va l'apporter au Directeur. Peut-être que tu auras la journée libre ?

— Oh, ce n'est rien, marmonna Stanley.

— Ça, c'est à moi d'en juger, dit Mr Monsieur.

Stanley se pencha et ramassa le sac vide. Il voulut le donner à Mr Monsieur, mais celui-ci refusa de le prendre.

— Dis-moi un peu, l'Homme des cavernes, reprit Mr Monsieur. Comment se fait-il que mon sac de graines de tournesol se retrouve dans ton trou?

— Je l'ai volé dans votre camion.

— Vraiment?

— Oui, Mr Monsieur.

— Et qu'est-ce qui est arrivé aux graines de tournesol?

— Je les ai mangées.

— Tout seul?

— Oui, Mr Monsieur.

— Hé, l'Homme des cavernes, cria Aisselle, comment ça se fait que t'aies pas partagé avec nous?

— C'est pas très sympa, vieux, dit X-Ray.

— Je croyais que t'étais un ami, dit Aimant.

Mr Monsieur les regarda les uns après les autres, puis se tourna à nouveau vers Stanley.

— On va voir ce que le Directeur va penser de tout ça. Allons-y.

Stanley se hissa hors de son trou et suivit Mr Monsieur jusqu'au camion. Il tenait toujours à la main le sac vide.

C'était agréable de s'asseoir dans la cabine du camion, à l'abri des rayons du soleil. Stanley fut surpris d'être encore capable de trouver quelque chose agréable en un moment pareil, et pourtant c'était le cas. Il lui semblait agréable de s'asseoir sur un siège confortable pour changer. Et lorsque le camion partit en cahotant, il apprécia le courant d'air qui s'engouffrait par la vitre ouverte et caressait son visage brûlant, ruisselant de sueur.

20

C'était agréable de marcher à l'ombre des deux chênes. Stanley se demanda si le condamné en route pour la chaise électrique éprouvait cette même sensation de pouvoir apprécier pour la dernière fois les quelques bonnes choses qui lui restaient à vivre.

Ils durent contourner des trous pour arriver jusqu'à la porte de la cabane en rondins. Stanley fut surpris d'en voir autant autour de la cabane. Il aurait pensé que le Directeur n'avait pas envie de voir les campeurs creuser si près de sa maison. Mais il y avait plusieurs trous au pied du mur de la cabane. Ici, les trous étaient plus proches les uns des autres et avaient des formes et des tailles différentes.

Mr Monsieur frappa à la porte. Stanley tenait toujours le sac vide à la main.

– Oui ? dit le Directeur en ouvrant la porte.

– Il y a eu quelques petits ennuis, sur le lac, dit Mr Monsieur. L'Homme des cavernes va vous expliquer de quoi il s'agit.

Le Directeur fixa Mr Monsieur pendant un moment, puis son regard se tourna vers Stanley. Celui-ci n'éprouvait plus que de la terreur, à présent.

– Vous feriez mieux d'entrer, dit le Directeur, vous faites sortir la fraîcheur.

La cabane était équipée de l'air conditionné. La télévision était allumée. Le Directeur prit la télécommande et l'éteignit.

Puis elle s'assit dans un fauteuil de toile. Elle était pieds nus et portait un short. Il y avait autant de taches de rousseur sur ses jambes que sur ses bras et son visage.

– Alors, qu'est-ce que tu as à me dire?

Stanley respira profondément pour se calmer.

– Pendant que Mr Monsieur remplissait les bidons, je me suis glissé dans le camion et j'ai volé son sac de graines de tournesol.

– Je vois.

Elle se tourna vers Mr Monsieur.

– C'est pour ça que vous l'avez amené ici?

– Oui, mais je crois qu'il ment. À mon avis, c'est quelqu'un d'autre qui a volé le sac et l'Homme des cavernes essaie de couvrir X-Ray ou je ne sais qui. C'était un sac de vingt livres et il prétend qu'il a tout mangé lui-même.

Il prit le sac des mains de Stanley et le tendit au Directeur.

– Je vois, répéta le Directeur.

– Le sac n'était pas plein, dit Stanley, et j'en ai renversé beaucoup. Vous pouvez vérifier au fond de mon trou.

Le Directeur montra une porte du doigt.

– Dans cette pièce, dit-elle, il y a une petite boîte avec des fleurs dessus. Tu veux bien me l'apporter?

Stanley regarda la porte, puis le Directeur, puis à nouveau la porte. Lentement, il s'avança alors dans la direction indiquée.

Il entra dans une sorte de cabinet de toilette, avec un lavabo et un miroir. À côté du lavabo, il vit la boîte blanche ornée de roses.

Il la rapporta au Directeur qui la posa sur la table basse, devant elle. Elle releva le fermoir et souleva le couvercle.

C'était une trousse de maquillage. La mère de Stanley en avait une semblable. Il vit des flacons de vernis à ongles, du dissolvant, deux tubes de rouge à lèvres, des petits pots et des poudres.

Le Directeur prit alors un petit flacon de vernis à ongles rouge foncé.

— Tu vois ça, l'Homme des cavernes? dit-elle.

Il approuva d'un signe de tête.

— C'est mon vernis spécial. Tu vois cette couleur sombre, très intense? Impossible d'en trouver dans le commerce. Je suis obligée de le fabriquer moi-même.

Stanley ne savait absolument pas pour quelle raison elle lui montrait ça. Il se demandait pourquoi le Directeur pouvait bien avoir besoin de se maquiller ou se de mettre du vernis à ongles.

— Tu veux connaître l'ingrédient secret que j'emploie?

Il haussa une épaule.

Le Directeur ouvrit le flacon.

— C'est du venin de serpent à sonnette.

Elle prit un petit pinceau et commença à s'appliquer du vernis sur les ongles de la main gauche.

— C'est absolument sans danger... quand c'est sec.

Elle acheva de se peindre les ongles de la main gauche, agita les doigts en l'air pendant quelques secondes, puis entreprit de peindre les ongles de la main droite.

– Le venin n'agit que lorsqu'il est encore humide.

Elle acheva de se vernir les ongles, puis se leva. Elle tendit la main et toucha le visage de Stanley du bout des doigts. D'un geste très doux, elle lui effleura la joue de ses ongles au vernis encore humide. Il sentit des picotements sur sa peau.

L'ongle de son auriculaire toucha à peine sa blessure derrière l'oreille. Il ressentit alors une douleur aiguë qui lui fit faire un bond en arrière.

Le Directeur se tourna vers Mr Monsieur, assis dans l'âtre de la cheminée.

– Alors, d'après vous, il aurait volé votre sac de graines de tournesol?

– Non, il a dit qu'il l'avait volé, mais je crois plutôt que c'est...

Elle s'avança vers lui et lui donna une gifle en plein visage.

Mr Monsieur la regarda sans comprendre. Trois longues marques rouges barraient sa joue gauche. Stanley ne savait pas si le rouge était celui du vernis ou celui du sang.

Le venin mit quelques instants à faire son œuvre. Soudain, Mr Monsieur poussa un hurlement et s'enfouit le visage dans les mains. Il tomba en avant et roula sur le tapis, devant la cheminée.

Le Directeur dit alors d'une voix douce:

– Je ne m'intéresse pas spécialement à vos graines de tournesol.

Mr Monsieur poussa un gémissement.

— Si vous voulez savoir, poursuivit le Directeur, j'aimais mieux quand vous fumiez.

Pendant un instant, la douleur de Mr Monsieur sembla s'apaiser. Il respira profondément à plusieurs reprises. Puis il rejeta violemment la tête en arrière et laissa échapper un nouveau hurlement, pire que le précédent.

Le Directeur se tourna vers Stanley.

— Tu ferais peut-être bien de retourner dans ton trou, dit-elle.

Stanley voulut s'en aller, mais Mr Monsieur était allongé en travers de son chemin. Les muscles de son visage étaient agités de convulsions, son corps se tordait de douleur.

Stanley l'enjamba avec précaution.

— Est-ce qu'il est… ?

— Pardon ? dit le Directeur.

Stanley avait trop peur pour ajouter quoi que ce soit.

— Il ne va pas mourir, assura le Directeur. Malheureusement pour toi.

21

Il mit longtemps à revenir à pied jusqu'à son trou. À travers la brume de chaleur et de poussière, Stanley voyait les autres baisser et lever leurs pelles. Le groupe D était celui qui se trouvait le plus loin.

Il se rendit compte qu'une fois de plus, il devrait creuser longtemps après que tout le monde aurait fini. Mais il espérait avoir terminé avant que Mr Monsieur reprenne conscience. Il n'avait pas du tout envie de se retrouver tout seul dehors en sa compagnie.

«Il ne va pas mourir, avait dit le Directeur, malheureusement pour toi.»

En traversant l'étendue de terre désolée, Stanley repensa à son arrière-grand-père – pas le voleur de cochon, le fils du voleur de cochon, celui qui avait été dévalisé par Kate Barlow l'Embrasseuse.

Il se demanda ce qu'il avait dû ressentir après que l'Embrasseuse l'eut abandonné en plein désert. Sans doute quelque chose de très semblable à ce que lui-même éprouvait en cet instant. Kate Barlow avait laissé son arrière-grand-père face à un désert brûlant et aride. Le Directeur avait laissé Stanley face à Mr Monsieur.

Son arrière-grand-père avait réussi à survivre pendant dix-sept jours avant d'être secouru par deux chasseurs de serpents à sonnette. Il était devenu fou quand ils le trouvèrent.

Lorsqu'on lui demandait comment il avait fait pour survivre si longtemps, il répondait : «J'ai trouvé refuge sur le pouce de Dieu.»

Il avait passé près d'un mois à l'hôpital et avait fini par épouser une des infirmières. Personne ne savait ce qu'il avait voulu dire par «le pouce de Dieu», même lui ne le savait pas.

Stanley entendit un bruit soudain. Il s'immobilisa, un pied encore en l'air.

Un serpent à sonnette était lové sous son pied. Sa queue dressée émettait un bruit de crécelle.

Stanley ramena sa jambe en arrière, puis il fit volte-face et s'enfuit en courant.

Le serpent à sonnette ne chercha pas à le poursuivre. Il avait agité la queue pour l'avertir qu'il devait se tenir à distance.

— Merci de m'avoir prévenu, murmura Stanley, le cœur battant.

Le serpent à sonnette serait infiniment plus dangereux s'il n'avait pas de sonnette.

— Alors, l'Homme des cavernes, s'écria Aisselle, toujours vivant?

— Qu'est-ce qu'elle a dit? demanda X-Ray.

— Et toi, qu'est-ce que tu lui as dit? demanda Aimant.

— Je lui ai dit que j'avais volé les graines, répondit Stanley.

— Tu as eu raison, dit Aimant.

— Et qu'est-ce qu'elle a fait? demanda Zigzag.

Stanley haussa une épaule.

— Rien. Elle était furieuse contre Mr Monsieur parce qu'il l'avait dérangée.

Il n'avait pas envie de raconter les détails. Peut-être suffisait-il de ne pas en parler pour que rien ne se soit passé.

Il s'approcha de son trou et vit, à sa grande surprise, qu'il était presque terminé. Stupéfait, il le contempla sans comprendre. Ça n'avait pas de sens.

Ou peut-être que ça en avait un. Il sourit. Puisqu'il avait revendiqué la responsabilité du vol des graines, les autres avaient fini de creuser son trou à sa place.

— Merci, lança-t-il.

— Ne me regarde pas, dit X-Ray.

Perplexe, Stanley regarda l'un après l'autre Aimant, Aisselle, Zigzag, Calamar. Mais aucun d'eux n'accepta ses remerciements.

Il se tourna alors vers Zéro qui avait continué de creuser son trou en silence depuis que Stanley était revenu. Le trou de Zéro était nettement plus petit que les autres.

22

Stanley fut le premier à avoir fini. Il cracha dans son trou, prit sa douche et changea de vêtements. Il y avait maintenant trois jours que la lessive avait été faite et même ses vêtements propres étaient sales et malodorants. Demain, il les mettrait pour travailler et son actuelle tenue de travail serait lavée.

Il n'arrivait pas à comprendre la raison pour laquelle Zéro lui avait creusé son trou. Zéro n'avait même pas eu de graines de tournesol.

— J'imagine qu'il aime creuser des trous, avait dit Aisselle.

— C'est une vraie taupe, avait ajouté Zigzag. Je crois qu'il mange la terre.

— Les taupes ne mangent pas de terre, avait fait remarquer X-Ray. Ce sont les vers qui en mangent.

— Hé, Zéro, avait demandé Calamar, t'es une taupe ou un ver?

Zéro n'avait rien dit.

Stanley ne l'avait même pas remercié. Mais à présent, assis sur son lit de camp, il attendait que Zéro revienne de la douche.

— Merci, dit-il lorsque Zéro entra dans la tente.

Zéro lui jeta un coup d'œil puis s'approcha des casiers où il déposa ses vêtements sales et sa serviette.

– Pourquoi tu m'as aidé ? demanda Stanley.

Zéro se retourna vers lui.

– C'est pas toi qui as volé les graines de tournesol, dit-il.

– C'est pas toi non plus, fit remarquer Stanley.

Zéro le fixa. Ses yeux semblèrent se dilater et Stanley eut presque l'impression que son regard le transperçait.

– C'est pas toi qui as volé les baskets, dit-il.

Stanley ne répondit rien.

Il regarda Zéro sortir de la tente. Si quelqu'un avait des rayons X à la place des yeux, c'était bien Zéro.

– Attends ! cria Stanley.

Il se précipita pour le rattraper.

Zéro s'était arrêté devant la tente et Stanley faillit le heurter de plein fouet.

– Je vais essayer de t'apprendre à lire, si tu veux, proposa Stanley. Je ne sais pas si j'arriverai à jouer les profs, mais aujourd'hui, je ne suis pas trop fatigué, puisque c'est toi qui as creusé mon trou.

Un grand sourire s'étala sur le visage de Zéro.

Ils retournèrent à l'intérieur de la tente où ils risquaient moins d'être dérangés. Stanley prit un stylo et son papier à lettres dans son casier, puis ils s'assirent par terre.

– Tu connais l'alphabet ? demanda Stanley.

Pendant un instant, il crut voir passer un éclair de défi dans le regard de Zéro.

– Je crois que je le connais un peu, dit Zéro. A, B, C, D.

– Continue, dit Stanley.

Zéro leva les yeux.

– E...

– F, dit Stanley.

– G, dit Zéro.

Il souffla du coin des lèvres.

– H... I... K, P, poursuivit-il.

– H, I, J, K, L, dit Stanley.

– C'est ça, dit Zéro. Je l'avais déjà entendu, mais je n'arrive pas à m'en souvenir exactement.

– Ça ne fait rien, dit Stanley. Je vais te le réciter en entier pour te rafraîchir la mémoire et après tu pourras essayer toi-même.

Il récita l'alphabet et Zéro le répéta sans faire une seule erreur.

Pas mal pour quelqu'un qui n'avait jamais vu *Sesame Street*!

– Je l'avais déjà entendu quelque part, dit Zéro, en essayant de faire comme si ce n'était rien du tout, mais son grand sourire le trahissait.

L'étape suivante fut plus difficile. Stanley dut trouver un moyen de lui apprendre à reconnaître chaque lettre. Il donna à Zéro un morceau de papier et en prit un autre pour lui.

– On ferait bien de commencer par le «A», dit-il.

Il traça un «A» majuscule et Zéro le copia sur son morceau de papier. Le papier ne comportait pas de lignes, ce qui rendait les choses plus difficiles. Le «A» de Zéro n'était pas mal, mais un peu grand. Stanley lui expliqua qu'il fallait écrire plus petit, sinon, il n'aurait bientôt plus de papier. Zéro traça un «A» plus petit.

— En fait, il y a deux façons d'écrire chaque lettre, dit Stanley en se rendant compte que les choses allaient être encore plus compliquées qu'il ne l'avait pensé. Ça, c'est un «A» majuscule. Mais la plupart du temps, on écrit des «a» minuscules. La majuscule, c'est uniquement au début des mots et seulement si le mot est au début d'une phrase, ou si c'est un nom propre, comme le nom de quelqu'un, par exemple.

Zéro fit un signe de tête comme s'il avait compris, mais Stanley savait qu'il n'avait pas saisi grand-chose.

Il écrivit un «a» minuscule et Zéro le copia.

— Donc, il y en a cinquante-deux, dit Zéro.

Stanley ne voyait pas ce qu'il voulait dire.

— Au lieu de vingt-six lettres, il y en a cinquante-deux.

Stanley le regarda d'un air surpris.

— Oui, c'est vrai. Comment t'as fait pour trouver ça? demanda-t-il.

Zéro ne répondit rien.

— Tu as fait une addition?

Zéro ne répondit rien.

— Une multiplication?

— C'est le nombre de lettres, voilà tout, dit Zéro.

Stanley haussa une épaule. Il ignorait même comment Zéro avait pu savoir qu'il y avait vingt-six lettres dans l'alphabet. Les avait-il comptées en les récitant?

Il fit écrire à Zéro quelques autres «a» majuscules et minuscules, puis il passa au «B» majuscule. Tout cela allait prendre beaucoup de temps, se dit-il.

— Tu pourrais m'apprendre dix lettres par jour, suggéra Zéro. Cinq majuscules et cinq minuscules. Au bout de cinq jours, je les connaîtrais toutes. Sauf que le dernier jour, il faudrait que j'en fasse douze. Six majuscules et six minuscules.

Stanley le regarda à nouveau, stupéfait qu'il ait pu arriver à ce résultat.

Zéro pensa sans doute qu'il le regardait pour une autre raison, car il dit aussitôt:

— Je creuserai une partie de ton trou tous les jours. Si tu veux, je pourrai creuser pendant une heure et toi tu m'apprendras pendant une heure. Et comme je creuse vite, on aura fini nos trous à peu près en même temps. Je n'aurai pas besoin de t'attendre.

— D'accord, approuva Stanley.

Tandis que Zéro traçait ses «B», Stanley lui demanda comment il s'y était pris pour calculer qu'il pouvait apprendre l'alphabet en cinq jours.

— Tu as fait une multiplication? Une division?

— C'est comme ça, c'est tout, répondit Zéro.

— Tu es bon en maths, dit Stanley.

— Je ne suis pas idiot, dit Zéro. Je sais, tout le monde pense que je le suis. Mais c'est simplement parce que je n'aime pas répondre aux questions.

Plus tard, cette nuit-là, allongé sur son lit de camp, Stanley repensa au marché qu'il avait passé avec Zéro. Avoir un peu moins de travail à faire chaque jour serait un soulagement, mais il savait que X-Ray n'aimerait pas ça. Il se demanda s'il était possible que Zéro accepte de creuser une partie des trous de X-Ray. Mais finalement, pourquoi le ferait-il? *C'est moi qui apprends à lire à Zéro. J'ai besoin d'un peu de repos, sinon je n'aurai pas suffisamment d'énergie le soir pour lui donner des leçons. C'est moi qui me suis dénoncé pour le vol des graines de tournesol. Et c'est contre moi que Mr Monsieur est furieux.*

Il ferma les yeux et des images de ce qui s'était passé dans la cabane du Directeur se dessinèrent dans sa tête : les ongles rouges, Mr Monsieur en train de se tordre par terre, la trousse de maquillage à fleurs.

Il rouvrit les yeux.

Il se rappelait soudain où il avait déjà vu le tube doré.

Il l'avait vu dans la salle de bains de sa mère et aussi dans la cabane du Directeur. C'était une moitié de tube de rouge à lèvres.

K.B. ?

K.B. ?

La surprise le fit sursauter.

Silencieusement, ses lèvres prononcèrent le nom de Kate Barlow. Et il se demanda si véritablement le tube avait pu appartenir à Kate l'Embrasseuse.

23

Il y a cent dix ans, le Lac vert était le plus grand lac du Texas. Son eau était claire et fraîche et sa surface étincelait comme une émeraude géante sous le soleil. Il était particulièrement beau au printemps, quand les pêchers qui bordaient ses rives se couvraient de fleurs roses.

Le 4 juillet, jour de la fête nationale, la ville organisait un grand pique-nique. On y jouait à toutes sortes de jeux, on dansait, on chantait et on nageait dans le lac pour se rafraîchir. Des prix étaient également décernés aux meilleures tartes aux pêches et aux meilleures confitures de pêches.

Chaque année, un prix spécial était attribué à Miss Katherine Barlow pour ses fabuleuses pêches au sirop. Personne d'autre n'essayait de faire des pêches au sirop, car tout le monde savait qu'elles n'auraient aucune chance d'être aussi délicieuses que les siennes.

Chaque été, Miss Katherine cueillait des paniers de pêches et les conservait dans des bocaux, avec de la cannelle, des clous de girofle, de la muscade et d'autres épices qu'elle gardait secrètes. Les pêches duraient tout l'hiver. Elles auraient pu durer beaucoup plus longtemps, mais, à la fin de l'hiver, elles avaient toutes été mangées.

À cette époque, on disait du Lac vert qu'il était le « paradis sur terre » et que les pêches au sirop de Miss Katherine étaient « la nourriture des anges ».

Katherine Barlow était l'unique institutrice du village. Elle faisait la classe dans une vieille école qui ne comportait qu'une seule pièce. Même à l'époque, l'école était déjà vieille. Le toit fuyait, les fenêtres refusaient de s'ouvrir, la porte pendait sur ses gonds tordus.

C'était une merveilleuse institutrice, au savoir infini, débordante de vie. Les enfants l'adoraient.

Le soir, elle donnait des cours à des adultes dont la plupart l'adoraient tout autant. Elle était très jolie et ses classes étaient pleines de jeunes hommes qui venaient là beaucoup plus pour le professeur que pour leur instruction.

Mais tout ce qu'ils obtenaient, c'était de l'instruction et rien d'autre.

L'un de ces jeunes hommes s'appelait « Truite » Walker. Son vrai nom était Charles Walker, mais tout le monde l'appelait Truite car ses pieds dégageaient une odeur de poisson mort.

Ce n'était pas entièrement la faute de Truite. Il souffrait en effet d'une mycose incurable. En fait, c'était le même genre de mycose qui affecterait, cent dix ans plus tard, le célèbre joueur de base-ball Clyde Livingston. Mais au moins, Clyde Livingston prenait une douche tous les jours.

— Je prends un bain tous les dimanches, se vantait Truite. Que j'en aie besoin ou pas.

La plupart des habitants de la ville du Lac vert s'attendaient à ce que Katherine épouse Truite Walker. Il était le fils de l'homme le plus riche du comté. Sa famille possédait la plus grande partie des pêchers et toute la terre qui s'étendait sur la rive est du lac.

Truite venait souvent aux cours du soir mais n'écoutait rien et passait son temps à bavarder sans le moindre respect pour les autres élèves autour de lui. Il était stupide et parlait très fort.

La plupart des habitants de la ville n'avaient aucune instruction. Mais cela ne gênait nullement Miss Katherine. Elle savait qu'ils passaient la plus grande partie de leur temps à travailler dans leurs fermes et leurs ranches et qu'ils n'avaient pas fréquenté l'école très longtemps. C'était pour cela qu'elle était là – pour leur apprendre.

Mais Truite ne voulait rien apprendre du tout. Il semblait fier de sa bêtise.

– Ça vous dirait de faire un tour dans mon nouveau bateau, samedi prochain? lui demanda-t-il un jour après la classe.

– Non merci, répondit Miss Katherine.

– On a un bateau tout neuf, dit-il. On n'a même pas besoin de ramer.

– Je sais, dit Miss Katherine.

Tout le monde en ville avait vu le nouveau bateau des Walker – ou en avait entendu parler. Il faisait un bruit épouvantable et crachait d'horribles fumées noires sur la splendeur du lac.

Truite avait toujours obtenu tout ce qu'il voulait et il avait du mal à croire que Miss Katherine lui ait refusé quelque chose. Il pointa alors l'index vers elle et s'exclama:

24

Stanley était à moitié endormi quand il prit sa place dans la file du petit-déjeuner, mais en voyant Mr Monsieur, il se réveilla tout à fait. Le côté gauche de son visage était tellement enflé qu'il avait la taille d'un demi-melon. Trois traits violacés sillonnaient sa joue, à l'endroit où le Directeur l'avait griffé.

Les camarades de Stanley avaient également vu Mr Monsieur, mais ils eurent la prudence de ne rien dire. Stanley posa sur son plateau un carton de jus d'orange et une cuillère en plastique. Il baissa les yeux et osa à peine respirer lorsque Mr Monsieur versa dans son bol quelque chose qui ressemblait à des flocons d'avoine.

Il alla s'installer à la table avec son plateau. Derrière lui, un garçon d'un autre groupe lança :

— Hé, qu'est-ce que vous avez sur la figure ?

Il y eut un grand bruit.

Stanley se retourna et vit que Mr Monsieur tenait la tête du garçon contre la marmite de flocons d'avoine.

— Il y a quelque chose qui ne te plaît pas sur ma figure ?

Le garçon essaya de dire quelque chose, mais il en fut incapable. Mr Monsieur lui serrait la gorge.

— Est-ce qu'il y a quelqu'un à qui ma figure ne

plaît pas? demanda Mr Monsieur en continuant d'étrangler le garçon.

Personne ne dit rien.

Mr Monsieur lâcha le garçon dont la tête heurta la table tandis qu'il s'effondrait par terre.

Puis il le regarda de toute sa hauteur.

– Alors, comment tu la trouves, ma figure, maintenant?

Un gargouillement s'échappa de la gorge du garçon. Dans un hoquet, il parvint à articuler le mot: «parfaite».

– Je suis plutôt bel homme, tu ne crois pas?

– Oui, Mr Monsieur.

Sur le lac, ses camarades demandèrent à Stanley s'il savait ce qui était arrivé à la figure de Mr Monsieur, mais il haussa les épaules et commença à creuser son trou. Peut-être que s'il n'en parlait pas, tout cela finirait par disparaître.

Il travailla aussi dur et aussi vite qu'il put, sans se ménager. Il voulait simplement quitter le lac et s'éloigner de Mr Monsieur le plus vite possible. D'ailleurs, il savait qu'il aurait un moment de répit.

– Quand tu voudras, fais-moi signe, lui avait dit Zéro.

La première fois que le camion d'eau arriva, il était conduit par Mr Pendanski. La deuxième fois, c'était Mr Monsieur qui était au volant.

Personne ne dit rien d'autre que «Merci, Mr Monsieur» lorsqu'il remplit les bidons. Personne n'osa même jeter un regard à son visage grotesque.

Tandis qu'il attendait, Stanley passa sa langue sur son palais et à l'intérieur de ses joues. Sa bouche était aussi desséchée que la surface du lac. Le soleil se reflétait dans le rétroviseur extérieur du camion et Stanley mit sa main en visière pour se protéger les yeux.

— Merci, Mr Monsieur, dit Aimant en reprenant son bidon.

— Tu as soif, l'Homme des cavernes ? demanda Mr Monsieur.

— Oui, Mr Monsieur, répondit Stanley en lui tendant son bidon.

Mr Monsieur ouvrit le robinet de la citerne et l'eau coula, mais pas dans le bidon de Stanley. Il tenait le bidon à côté du jet d'eau.

Stanley regarda l'eau couler par terre où elle fut aussitôt absorbée par le sol assoiffé.

Mr Monsieur laissa l'eau couler pendant environ trente secondes, puis il ferma le robinet.

— Tu en veux encore ? demanda-t-il.

Stanley ne répondit rien.

Mr Monsieur ouvrit à nouveau le robinet et Stanley vit cette fois encore l'eau couler sur le sol.

— Voilà, tu devrais en avoir suffisamment comme ça.

Il rendit à Stanley son bidon vide.

Stanley regarda la tache sombre que l'eau avait formée sur le sol et qui rétrécissait à vue d'œil.

— Merci, Mr Monsieur, dit-il.

25

Cent dix ans auparavant, il y avait un médecin dans la ville du Lac vert. Il s'appelait le Dr Hawthorn. Chaque fois que quelqu'un tombait malade, il allait voir le Dr Hawthorn. Mais il allait également voir Sam, le marchand d'oignons.

— Oignons! Oignons frais! Oignons doux! criait Sam lorsque, avec Mary Lou, son ânesse, il parcourait les rues en terre battue de la ville.

Mary Lou tirait une charrette pleine d'oignons.

Le champ d'oignons de Sam se trouvait quelque part de l'autre côté du lac. Une ou deux fois par semaine, il traversait le lac dans un bateau à rames et allait cueillir de quoi remplir sa charrette. Sam avait de grands bras robustes, mais il lui fallait toute une journée pour traverser le lac et une autre journée pour revenir. La plupart du temps, il laissait Mary Lou dans une étable que les Walker lui donnaient le droit d'utiliser gratuitement, mais parfois, il emmenait l'ânesse avec lui dans son bateau.

Sam prétendait que Mary Lou avait près de cinquante ans, ce qui était — et ce qui est toujours — exceptionnellement vieux pour une ânesse.

— Elle ne mange que des oignons crus, disait Sam en tenant un oignon blanc entre ses doigts sombres.

C'est le légume magique qu'a produit la nature. Si on ne mangeait que des oignons crus, on vivrait deux cents ans.

Sam n'avait pas beaucoup plus de vingt ans et, par conséquent, personne ne pouvait être vraiment sûr que Mary Lou était aussi vieille qu'il le prétendait. Comment l'aurait-il su ?

Mais personne ne cherchait à discuter avec Sam. Et lorsque quelqu'un était malade, il allait voir non seulement le Dr Hawthorn, mais aussi Sam.

Et Sam donnait toujours le même conseil :

— Mangez plein d'oignons.

Il affirmait que les oignons étaient excellents pour la digestion, le foie, l'estomac, les poumons, le cœur et le cerveau.

— Et si vous ne me croyez pas, regardez donc la vieille Mary Lou. Elle n'a jamais été malade un seul jour dans sa vie.

Il vendait également divers onguents, lotions, sirops et pommades qu'il fabriquait à partir de jus d'oignon ou de différentes parties de la plante. L'un guérissait l'asthme, l'autre les verrues et les boutons, un autre constituait un excellent remède contre l'arthrite.

Il prétendait même qu'un de ses onguents guérissait la calvitie.

— Frottez-en la tête de votre mari toutes les nuits pendant qu'il dort, Mrs Collingwood, et bientôt, ses cheveux seront aussi longs et épais que la queue de Mary Lou.

Le Dr Hawthorn n'en voulait nullement à Sam.

Les habitant du Lac vert avaient peur de prendre des risques. Ils allaient chercher des médicaments normaux chez le Dr Hawthorn et des préparations à base d'oignon chez Sam. Ainsi, lorsqu'ils guérissaient, personne, pas même le Dr Hawthorn, ne savait lequel des deux traitements avait été le plus efficace.

Le Dr Hawthorn était presque entièrement chauve et, le matin, sa tête dégageait souvent une odeur d'oignon.

Chaque fois que Katherine Barlow achetait des oignons, elle en prenait toujours un ou deux de plus qu'elle donnait à Mary Lou, au creux de sa main.

— Quelque chose ne va pas ? demanda Sam un jour qu'elle donnait à manger à Mary Lou. Vous semblez avoir la tête ailleurs.

— Oh, c'est à cause du temps, répondit Miss Katherine. On dirait que les nuages viennent par ici, il va bientôt pleuvoir.

— Moi et Mary Lou, on aime bien la pluie, dit Sam.

— Moi aussi, j'aime bien ça, dit Miss Katherine en caressant la tête aux poils rêches de l'ânesse. C'est simplement qu'il y a une fuite dans le toit de l'école.

— Je peux arranger ça, assura Sam.

— Qu'est-ce que vous allez faire ? Remplir les trous avec de la pommade d'oignon ? plaisanta Katherine.

Sam éclata de rire.

— Je suis habile de mes mains, lui dit-il. C'est moi qui ai construit mon bateau tout seul. Et s'il avait une fuite, j'aurais de gros ennuis.

Katherine ne put s'empêcher de regarder ses mains solides et puissantes.

Ils conclurent un marché. Il acceptait de réparer le toit de l'école en échange de six bocaux de pêches au sirop.

Sam mit une semaine à réparer le toit, car il ne pouvait travailler que l'après-midi, après la sortie des classes et avant les cours du soir. Sam n'avait pas le droit d'aller à l'école parce qu'il était noir, mais on l'avait autorisé à réparer la maison.

En général, pendant que Sam travaillait sur le toit, Miss Katherine restait à l'intérieur de l'école, à s'occuper de diverses tâches, la correction des copies par exemple.

Elle prenait plaisir aux bribes de conversation qu'ils parvenaient à échanger en criant l'un vers l'autre, lui là-haut sur son toit, elle en bas dans l'école. Elle fut surprise de l'intérêt qu'il manifestait pour la poésie. Quand il faisait une pause, il arrivait qu'elle lui lise un poème. Plus d'une fois, elle commença à lui lire un poème d'Edgar Poe ou de Longfellow et ce fut lui qui en récita la fin, de mémoire.

Lorsque le toit fut réparé, elle était triste.

— Quelque chose ne va pas ? demanda-t-il.

— Oh si, ça va très bien, vous avez fait un travail magnifique, répondit-elle. Simplement… les fenêtres ne veulent pas s'ouvrir. Les enfants et moi, on aimerait bien avoir un peu d'air, de temps en temps.

— Je peux arranger ça, dit Sam.

Elle lui donna deux autres bocaux de pêches et Sam répara les fenêtres.

C'était plus facile de lui parler quand il s'occupait des fenêtres. Sam lui livra alors le secret de son champ d'oignons, de l'autre côté du lac.

— Les oignons y poussent toute l'année et l'eau coule en remontant la pente, dit-il.

Lorsque les fenêtres furent réparées, elle se plaignit de son bureau qui était un peu branlant.

— Je peux arranger ça, dit Sam.

Quand elle le revit, elle lui signala que la porte était de travers et elle passa un nouvel après-midi en sa compagnie pendant qu'il la réparait.

Vers la fin du premier semestre, Oignon Sam avait transformé la vieille école délabrée en un petit bijou bien soigné et fraîchement peint dont toute la ville tirait fierté. Les gens qui passaient devant s'arrêtaient et l'admiraient.

— Ça, c'est notre école. Elle montre à quel point notre ville est attachée à l'éducation.

La seule personne qui n'était pas très heureuse, c'était Miss Katherine. Elle n'avait plus rien à faire réparer.

Un jour, assise à son bureau, elle écoutait la pluie marteler le toit. Pas la moindre goutte d'eau ne tombait dans la classe, à part les quelques larmes qui coulaient de ses yeux.

— Oignons! Oignons forts, oignons doux! cria Sam dans la rue.

Elle courut vers lui. Elle aurait voulu le serrer dans ses bras, mais elle ne put se décider à le faire. Elle se contenta d'étreindre le cou de Mary Lou.

— Quelque chose ne va pas? lui demanda Sam.

— Oh, Sam, dit-elle. J'ai le cœur brisé.

— Je peux arranger ça, répondit-il.

Elle se tourna vers lui.

Il prit alors ses mains dans les siennes et l'embrassa.

À cause de la pluie, il n'y avait personne d'autre dehors. Et même s'il y avait eu quelqu'un, Katherine et Sam ne l'auraient pas remarqué. Ils étaient perdus dans leur monde.

À cet instant, cependant, Hattie Parker sortit du grand magasin. Ils ne la virent pas, mais elle les avait vus. Elle pointa vers eux un doigt frémissant et murmura :

— Dieu vous punira !

26

Il n'y avait pas de téléphone, à l'époque, mais la nouvelle se répandit très vite à travers la ville. Vers la fin de la journée, tous les habitants du Lac vert avaient entendu dire que la maîtresse d'école avait embrassé le marchand d'oignons.

Le lendemain, aucun enfant ne se montra à l'école.

Miss Katherine était assise seule dans sa classe en se demandant si elle n'avait pas confondu les jours de la semaine. Peut-être était-ce samedi. Elle n'en aurait pas été surprise. La tête et le cœur lui tournaient depuis que Sam l'avait embrassée.

Elle entendit un bruit derrière la porte, puis soudain, une foule d'hommes et de femmes firent irruption à l'intérieur de l'école. Truite Walker était à leur tête.

— Elle est là! s'écria Truite. La femme diabolique!

La foule se mit à renverser les tables et à arracher tout ce qui était accroché aux murs.

— Elle a empoisonné les cerveaux de vos enfants avec des livres! déclara Truite.

Ils entassèrent tous les livres qu'ils trouvèrent au milieu de la pièce.

— Vous ne vous rendez pas compte de ce que vous faites ! s'exclama Miss Katherine.

Quelqu'un l'empoigna et déchira sa robe, mais elle parvint tant bien que mal à s'enfuir au-dehors et courut au bureau du shérif.

Les pieds sur la table, le shérif buvait au goulot d'une bouteille de whisky.

— B'jour, Miss Katherine, dit-il.

— Ils sont en train de détruire l'école, dit-elle, la respiration haletante. Ils vont tout brûler si personne ne les arrête !

— Calmez-vous, charmante demoiselle, répondit le shérif d'une voix traînante. Expliquez-moi de quoi il s'agit.

Il se leva et s'approcha d'elle.

— Truite Walker a…

— Ne vous avisez surtout pas de dire du mal de Charles Walker, prévint le shérif.

— Il faut faire vite, dit précipitamment Katherine, vous devez à tout prix les arrêter.

— Vous êtes vraiment jolie, dit le shérif.

Miss Katherine le regarda d'un air horrifié.

— Embrassez-moi, dit le shérif.

Elle lui donna une gifle.

Il éclata de rire.

— Vous avez bien embrassé le marchand d'oignons, pourquoi pas moi ?

Elle essaya de le gifler à nouveau, mais il lui attrapa la main. Elle s'efforça de se dégager.

— Vous êtes ivre ! cria-t-elle.

— Je bois toujours avant les pendaisons.

— Une pendaison? Qui...

— C'est pas légal pour un Nègre d'embrasser une femme blanche.

— Alors, il faudra me pendre aussi, dit Katherine, parce que moi aussi, je l'ai embrassé.

— Vous, vous avez le droit de l'embrasser, c'est légal, expliqua le shérif, mais lui, non.

— Nous sommes égaux sous le regard de Dieu, déclara Miss Katherine.

Le shérif éclata de rire.

— Alors, si Sam et moi, on est égaux, pourquoi vous m'embrasseriez pas?

Il éclata de rire à nouveau.

— Je vais vous proposer un marché. Vous me donnez un baiser bien tendre et je ne pendrai pas votre petit ami. Je me contenterai de le chasser de la ville.

Miss Katherine se dégagea d'un geste brusque et se précipita vers la porte. Elle entendit alors le shérif qui disait:

— La loi punira Sam. Et vous, c'est Dieu qui vous punira.

Elle ressortit dans la rue et vit de la fumée qui s'élevait au-dessus de l'école. Elle courut jusqu'à la rive du lac où Sam était en train d'atteler Mary Lou à la charrette pleine d'oignons.

— Dieu merci, tu es là, soupira-t-elle en le serrant dans ses bras. Il faut partir d'ici. À l'instant même!

— Quoi?...

— Quelqu'un a dû nous voir hier pendant qu'on s'embrassait, dit Miss Katherine. Ils ont mis le feu à l'école et le shérif a dit qu'il allait te pendre!

Sam hésita un instant, comme s'il avait du mal à la croire. En fait, il ne voulait pas croire ce qu'elle disait.

— Viens, Mary Lou.

— Il faut laisser Mary Lou ici, dit Katherine.

Sam la regarda longuement. Il y avait des larmes dans ses yeux.

— D'accord, dit-il.

Le bateau de Sam était à l'eau, attaché à un arbre par une longue corde. Il défit la corde, puis ils s'avancèrent dans l'eau et montèrent dans le bateau. Les bras puissants de Sam les éloignèrent de la rive à grands coups de rames.

Mais, tout puissants qu'ils soient, ses bras ne pouvaient rivaliser avec le bateau à moteur de Truite Walker. Ils avaient à peine dépassé la moitié du lac lorsque Miss Katherine entendit le rugissement du moteur. Elle vit alors l'horrible fumée noire…

Voici les faits :

Le bateau des Walker heurta de plein fouet celui de Sam. Sam fut tué d'un coup de revolver et jeté à l'eau. Katherine Barlow fut sauvée contre sa volonté. Lorsqu'on la ramena au bord du lac, elle vit le corps de Mary Lou allongé par terre. L'ânesse avait été tuée d'une balle dans la tête.

Tout cela s'est produit il y a cent dix ans. Depuis lors, plus une seule goutte d'eau n'est tombée sur le Lac vert.

À vous de décider : qui Dieu a-t-il choisi de punir ?

Trois jours après la mort de Sam, Miss Katherine tua le shérif d'un coup de revolver alors qu'il buvait un café, assis dans son fauteuil. Puis elle appliqua soigneusement du rouge sur ses lèvres et lui donna le baiser qu'il avait demandé.

Pendant les vingt ans qui suivirent, Kate Barlow l'Embrasseuse fut un des hors-la-loi les plus redoutés de l'Ouest américain.

27

Stanley planta sa pelle dans le sol. Son trou faisait environ un mètre de profondeur en son centre. Avec un grognement, il enleva une pelletée de terre qu'il rejeta sur le bord. Le soleil était presque au-dessus de sa tête.

Il jeta un coup d'œil à son bidon posé à côté du trou. Il savait qu'il était à moitié plein, mais il ne but pas encore. Il lui fallait économiser son eau, car il ne savait pas qui conduirait le pick-up la prochaine fois qu'il passerait.

Trois jours s'étaient écoulés depuis que le Directeur avait griffé Mr Monsieur. Chaque fois que celui-ci venait distribuer l'eau, il versait celle de Stanley par terre.

Heureusement, Mr Pendanski venait donner l'eau plus souvent que Mr Monsieur. De toute évidence, Mr Pendanski était au courant de ce que faisait Mr Monsieur car il accordait toujours à Stanley un petit supplément. Il remplissait son bidon, puis laissait le temps à Stanley de boire longuement et le remplissait à nouveau jusqu'au bord.

C'était aussi un soulagement que Zéro creuse une partie du trou de Stanley à sa place. Mais, comme il s'y était attendu, les autres n'aimaient pas voir Stanley

141

s'asseoir pendant qu'ils travaillaient. Il entendait alors des réflexions du genre: «T'as fait un héritage, ou quoi?» ou encore: «Ça doit être pratique d'avoir son esclave.»

Lorsqu'il faisait remarquer que c'était lui qui avait endossé la responsabilité du vol des graines de tournesol, les autres disaient que, de toute façon, c'était sa faute puisque c'était lui qui les avait renversées.

— J'ai risqué ma vie pour ces graines, avait dit Aimant, et tout ce que j'ai eu c'est une petite poignée de rien du tout.

Stanley avait également essayé d'expliquer qu'il lui fallait économiser son énergie pour pouvoir apprendre à lire à Zéro, mais les autres s'étaient moqués de lui.

— Toujours la même vieille histoire, Aisselle? dit un jour X-Ray. Le Blanc reste assis pendant que le Noir fait tout le boulot. J'ai deviné juste, l'Homme des cavernes?

— Pas juste du tout, répliqua Stanley.

— T'as raison, approuva X-Ray, c'est pas juste du tout.

Stanley dégagea une autre pelletée de terre. Il savait que X-Ray n'aurait pas du tout dit la même chose si c'était lui qui avait appris à lire à Zéro. Dans ce cas-là, X-Ray aurait expliqué combien il était important qu'il se repose, *pas vrai?* pour pouvoir être un meilleur professeur, *pas vrai?*

Et en effet, c'était vrai. Il avait véritablement besoin de ménager ses forces pour être un meilleur professeur, bien que Zéro fût un élève doué. Parfois, Stanley espérait que le Directeur les espionnait avec ses caméras et ses micros secrets, comme ça, elle s'apercevrait que Zéro n'était pas aussi stupide que les autres le pensaient.

Il aperçut le nuage de poussière qui s'approchait en traversant le lac. Il but de l'eau et attendit de voir qui conduisait le camion.

Le visage de Mr Monsieur n'était plus enflé, à présent, mais il était encore un peu bouffi. Il y avait eu trois estafilades sur sa joue. Deux d'entre elles s'étaient estompées, mais celle du milieu avait dû être la plus profonde car elle était toujours visible. Elle formait une ligne brisée violette qui partait de sous son œil gauche et descendait jusqu'au-dessous de sa bouche, comme si on lui avait fait un tatouage en forme de cicatrice.

Stanley prit sa place dans la file, puis il tendit son bidon.

Mr Monsieur l'approcha de son oreille et le secoua. Il sourit en entendant clapoter l'eau qui restait au fond.

Stanley espérait qu'il n'allait pas le vider par terre.

À sa grande surprise, Mr Monsieur tint le bidon sous le jet d'eau et le remplit.

— Attends-moi ici, dit-il.

Le bidon de Stanley à la main, Mr Monsieur passa devant lui, puis contourna le camion et monta dans la cabine où il était impossible de le voir.

— Qu'est-ce qu'il fait là-dedans ? demanda Zéro.

— J'aimerais bien le savoir, dit Stanley.

Quelques instants plus tard, Mr Monsieur ressortit

du camion et tendit son bidon à Stanley. Il était toujours plein.

— Merci, Mr Monsieur.

Mr Monsieur lui sourit.

— Qu'est-ce que tu attends? demanda-t-il. Bois.

Il enfourna quelques graines de tournesol dans sa bouche, les mâcha et recracha les écorces.

Stanley avait peur de boire. Il n'osait pas imaginer quelles immondices Mr Monsieur avait pu verser dans son eau.

Il retourna à son trou et posa le bidon par terre. Pendant longtemps, il le laissa là sans y toucher et continua à creuser. Puis, quand sa soif devint presque insupportable, il dévissa le bouchon du bidon et le vida entièrement par terre. Il avait trop peur qu'en attendant quelques secondes de plus, il n'ait plus la force de résister et boive de l'eau du bidon.

Après que Stanley eut enseigné à Zéro les six dernières lettres de l'alphabet, il lui apprit à écrire son nom.

— Z majuscule – é – r – o.

Zéro écrivit les lettres dans l'ordre que Stanley lui indiquait.

— Zéro, dit-il en regardant sa feuille de papier.

Son sourire était trop large pour son visage.

Stanley le regarda écrire inlassablement son nom.

— Zéro Zéro Zéro Zéro Zéro Zéro Zéro…

D'une certaine manière, il en éprouvait de la tristesse. Il ne pouvait s'empêcher de penser que cent fois zéro était toujours égal à zéro.

— Tu sais, je ne m'appelle pas vraiment comme ça, dit Zéro alors qu'ils se dirigeaient vers la salle de destruction pour aller dîner.

— Ouais, je m'en doutais, répondit Stanley.

En fait, il n'en avait jamais été très sûr.

— Tout le monde m'a toujours appelé Zéro, même avant que j'arrive ici.

— Ah, bon.

— Mon vrai nom, c'est Hector.

— Hector, répéta Stanley.

— Hector Zéroni.

28

Vingt ans plus tard, Kate Barlow revint au Lac vert. Elle était sûre que personne ne la trouverait ici – une ville fantôme sur un lac fantôme.

Les pêchers étaient tous morts, mais il y avait deux petits chênes encore debout, près d'une cabane en rondins abandonnée. Autrefois, la cabane s'était trouvée sur la rive est du lac. Mais à présent, le lac était à plus de huit kilomètres de là et ce n'était plus qu'une petite mare remplie d'eau sale.

Elle s'installa dans la cabane. Parfois, elle entendait la voix de Sam retentir sur l'étendue de terre vide et désolée. «Oignons! Oignons frais! Oignons doux!»

Elle savait qu'elle était folle. Elle savait qu'elle était folle depuis vingt ans.

– Oh, Sam, disait-elle en s'adressant à l'immensité déserte. Je sais qu'il fait chaud, mais j'ai tellement froid. Mes mains sont froides. Mes pieds sont froids. Mon visage est froid. Mon cœur est glacé.

Et parfois, elle avait l'impression de l'entendre dire : «Je peux arranger ça.»

Et elle sentait la chaleur de son bras sur ses épaules.

Il y avait trois mois qu'elle s'était installée dans la cabane lorsqu'elle fut réveillée un matin par quelqu'un qui ouvrit la porte d'un coup de pied. Quand elle ouvrit les yeux, elle vit la forme un peu floue d'un fusil pointé sur elle à cinq centimètres de son nez.

Elle sentit alors l'odeur des pieds sales de Truite Walker.

— Tu as exactement dix secondes pour me dire où tu as caché ton butin, lança Truite. Sinon, je te fais sauter la tête.

Elle bâilla.

Une femme aux cheveux roux se tenait à côté de Truite. Kate la voyait fouiller dans la cabane, renversant les tiroirs, jetant à terre tout ce qu'il y avait sur les étagères des placards.

La femme s'avança vers elle.

— Alors, c'est où? demanda-t-elle d'un ton impérieux.

— Linda Miller! C'est toi? interrogea Kate.

Linda Miller avait été élève en classe de huitième lorsque Kate Barlow était encore institutrice. À l'époque, c'était une jolie petite fille avec de magnifiques cheveux roux et un visage constellé de taches de son. À présent, sa peau était couverte de marbrures et ses cheveux étaient sales et emmêlés.

— Maintenant, elle s'appelle Linda Walker, dit Truite.

— Pauvre Linda, je suis vraiment désolée, dit Kate.

Truite lui enfonça le canon de son fusil dans le cou.

— Où est le butin?

— Il n'y a pas de butin, dit Kate.

— N'essaie pas de me faire croire ça! s'écria Truite.

Il n'y a pas une seule banque d'ici à Houston que tu n'aies pas attaquée.

— Tu ferais mieux de lui dire où tu l'as mis, lança Linda. On n'a plus rien à perdre.

— Tu l'as épousé pour son argent, c'est ça? demanda Kate.

Linda approuva d'un signe de tête.

— Mais il n'en a plus. Sa fortune s'est asséchée avec le lac, les pêchers, le bétail. Je me disais toujours: il va pleuvoir bientôt. La sécheresse ne peut pas durer éternellement. Mais il faisait de plus en plus chaud…

Ses yeux fixèrent soudain la pelle posée contre le manteau de la cheminée.

— Elle l'a enterré! s'exclama-t-elle.

— Je ne vois pas ce que tu veux dire, répondit Kate.

Il y eut une terrible détonation. Truite venait de tirer un coup de feu juste au-dessus de la tête de Kate. Derrière elle, les vitres volèrent en éclat.

— Où est-ce que tu l'as enterré? demanda Truite.

— Vas-y, tue-moi, répondit Kate. Mais j'espère que tu aimes creuser. Parce que tu vas passer longtemps la pelle à la main. C'est un grand désert, ici. Toi et tes enfants et les enfants de tes enfants, vous pourrez toujours creuser pendant un bon siècle, vous ne trouverez rien du tout.

Linda saisit Kate par les cheveux et lui rejeta la tête en arrière.

— On va pas te tuer, dit-elle. Mais quand on en aura fini avec toi, tu regretteras de ne pas être morte.

— Ça fait vingt ans que je regrette de ne pas être morte, répliqua Kate.

Ils l'arrachèrent à son lit et la traînèrent hors de la cabane. Elle portait un pyjama en soie bleue. Ses bottes noires incrustées de pierres couleur turquoise étaient restées à côté de son lit.

Ils lui attachèrent les jambes en lui laissant suffisamment de longueur de corde pour qu'elle puisse marcher, mais il lui était impossible de courir. Ils l'obligèrent alors à avancer pieds nus sur le sol brûlant.

Elle devait marcher, marcher, sans s'arrêter.

– Tu auras le droit de te reposer quand tu nous auras montré où se trouve ton butin, dit Truite.

Linda lui donnait des coups sur les jambes avec la pelle.

– Tôt ou tard, tu finiras par nous avouer où il est. Alors, autant nous le dire maintenant.

Kate dut marcher longtemps, puis revenir sur ses pas, jusqu'à ce que ses pieds soient devenus noirs et couverts d'ampoules. Chaque fois qu'elle s'arrêtait, Linda la frappait à grands coups de pelle.

– Je suis en train de perdre patience, menaça Truite.

Kate sentait les coups de pelle dans son dos. Elle finit par tomber sur la terre dure et sèche.

– Lève-toi ! ordonna Linda.

À grand-peine, Kate parvint à se relever.

– Aujourd'hui, on n'est pas trop méchants, dit Truite, mais ça va devenir de pire en pire pour toi jusqu'à ce que tu nous donnes ton butin.

– Attention ! s'écria Linda.

Un lézard leur sauta dessus. Kate vit ses gros yeux rouges.

Linda essaya de le frapper avec la pelle et Truite lui tira dessus, mais tous deux le manquèrent.

Le lézard atterrit sur la cheville nue de Kate. Ses dents noires et pointues lui mordirent la jambe et sa langue blanche lécha les gouttelettes de sang qui suintaient de la blessure.

Kate sourit. Ils ne pourraient plus rien lui faire, désormais.

— Commencez donc à creuser, dit-elle.

— Où tu l'as mis? hurla Linda.

— Dis-nous où tu l'as enterré! s'exclama Truite avec fureur.

Kate Barlow mourut en riant.

DEUXIÈME PARTIE

Le dernier trou

29

Il y eut un changement de temps.

Ce fut encore pire.

L'air devint humide, d'une humidité insupportable. Stanley était trempé de sueur. Des gouttelettes coulaient sur le manche de sa pelle. Il faisait si chaud qu'on aurait dit que l'air lui-même transpirait.

L'écho d'un énorme coup de tonnerre retentit sur le lac vide.

Il y avait un orage, loin vers l'ouest, au-delà des montagnes. Stanley compta plus de trente secondes entre l'éclair et le coup de tonnerre. L'orage était donc très loin. Le bruit parcourt davantage de kilomètres sur les terres désolées.

D'habitude, Stanley n'arrivait pas à voir les montagnes à cette heure de la journée. Le seul moment où elles étaient visibles, c'était au lever du soleil, avant que la brume de chaleur s'installe. À présent, cependant, le ciel était très sombre vers l'ouest et chaque fois qu'il y avait un éclair, la forme noire des montagnes apparaissait brièvement.

– Viens vite, la pluie! s'écria Aisselle. Viens par ici!

– Peut-être qu'il va tellement pleuvoir que le lac

finira par se remplir, dit Calamar. Comme ça, on pourra nager.

— Quarante jours et quarante nuits, dit X-Ray. On ferait peut-être bien de construire une arche. Allez chercher un couple de chaque animal, d'accord ?

— D'accord, dit Zigzag. Deux serpents à sonnette, deux scorpions, deux lézards à taches jaunes.

L'humidité, ou peut-être l'électricité dont l'air était chargé, avait donné à Zigzag un air encore plus hirsute. Ses cheveux blonds et bouclés se dressaient presque droit sur sa tête.

Un immense éclair aux multiples zébrures illumina l'horizon. Pendant cette fraction de seconde, Stanley eut l'impression de voir une étrange forme rocheuse au sommet de l'une des montagnes. Il lui sembla que le sommet avait l'aspect d'un poing gigantesque au pouce dressé vers le ciel.

Mais l'image avait déjà disparu.

Et Stanley n'était pas sûr d'avoir bien vu.

J'ai trouvé refuge sur le pouce de Dieu.

C'était ce que son grand-père était censé avoir dit après que Kate Barlow l'eut dévalisé en l'abandonnant dans le désert.

Personne n'avait jamais su ce qu'il entendait par là. Il délirait lorsqu'il avait prononcé cette phrase.

— Mais comment a-t-il fait pour survivre trois semaines sans nourriture et sans eau ? avait demandé Stanley à son père.

— Je n'en sais rien, je n'y étais pas, lui avait-il répondu. Je n'étais pas né, à l'époque. Ma grand-mère, ton arrière-grand-mère, était infirmière dans l'hôpital où on l'a soigné. Elle racontait toujours qu'elle lui avait tamponné le front avec un linge frais et humide. Et lui disait que c'était pour ça qu'il était tombé amoureux d'elle. Il avait cru que c'était un ange.

— Un vrai ange?

Son père ne savait pas.

— Et quand il a commencé à aller mieux? Est-ce qu'il a expliqué ce qu'il voulait dire par le «pouce de Dieu»? Est-ce qu'il a raconté comment il avait fait pour survivre?

— Non. Il a simplement dit que c'était la faute de son vaurien-de-père-voleur-de-cochon.

L'orage se déplaça plus loin vers l'ouest, emportant avec lui tout espoir de pluie. Mais l'image du poing au pouce dressé demeura dans la tête de Stanley. Dans son esprit, cependant, au lieu de jaillir derrière le pouce, l'éclair sortait du pouce lui-même, comme s'il s'agissait véritablement du pouce de Dieu.

30

Le lendemain, c'était l'anniversaire de Zigzag. C'était ce qu'il disait, en tout cas. Tandis que tout le monde sortait de la tente, Zigzag resta allongé sur son lit de camp.

— Je fais la grasse matinée parce que c'est mon anniversaire, dit-il.

Un peu plus tard, il se glissa devant Calamar dans la file du petit déjeuner et Calamar protesta en lui disant de se mettre derrière.

— C'est mon anniversaire, répondit Zigzag.

Et il resta où il était.

— Ce n'est pas ton anniversaire, dit Aimant qui se trouvait derrière Calamar.

— Si, justement, répliqua Zigzag. Le 8 juillet.

Stanley était derrière Aimant. Il ne savait pas quel jour de la semaine on était, encore moins la date. On pouvait très bien être le 8 juillet, mais comment Zigzag l'aurait-il su?

Il essaya de calculer depuis combien de temps il était arrivé au Camp du Lac vert et si vraiment on était le 8 juillet.

— Je suis arrivé ici le 24 mai, dit-il à haute voix, ça veut dire que j'y ai passé...

— Quarante-six jours, dit Zéro.

Stanley en était encore à essayer de se rappeler combien de jours il y avait en mai et en juin. Il jeta un regard à Zéro. Il savait qu'il fallait lui faire confiance quand il s'agissait de calcul.

Quarante-six jours. Il avait plutôt l'impression d'en avoir passé mille. Il n'avait pas creusé de trou le premier jour et il n'en avait pas encore creusé aujourd'hui. Ce qui signifiait qu'il avait creusé en tout quarante-quatre trous – si vraiment c'était le 8 juillet.

— Est-ce que je pourrais avoir un carton de jus d'orange en plus? demanda Zigzag à Mr Monsieur. C'est mon anniversaire.

À la grande surprise de tout le monde, Mr Monsieur le lui donna.

Stanley planta sa pelle dans le sol. Quarante-cinquième trou. «Le plus dur, c'est le quarante-cinquième trou», se dit-il.

Mais ce n'était pas vrai et il le savait. Il était beaucoup plus fort à présent que lorsqu'il était arrivé. Son corps s'était à peu près adapté à la chaleur et à la rigueur des conditions de vie.

Mr Monsieur avait cessé de le priver d'eau. Après s'être habitué à boire moins pendant une semaine, Stanley avait à présent l'impression de disposer de toute l'eau qu'il voulait.

Bien sûr, il était aidé par le fait que chaque jour Zéro creusait une partie de son trou, mais ce n'était pas un aussi grand avantage que le croyaient les autres. Il se sentait toujours mal à l'aise lorsque Zéro creusait à sa place et ne savait pas très bien quoi faire. Généralement, il restait là un moment avant d'aller s'asseoir sur le sol rugueux, sous le soleil brûlant.

C'était toujours mieux que de creuser.

Mais pas beaucoup mieux.

Lorsque le soleil se leva, deux heures plus tard, Stanley essaya de voir le «pouce de Dieu». Mais les montagnes n'offraient guère qu'une forme vague et sombre à l'horizon.

Il eut l'impression d'apercevoir un sommet de montagne qui se dressait au-dessus des autres, mais ce n'était pas très frappant. Très vite, les montagnes cessèrent d'être visibles, cachées par la violente clarté du soleil qui se réfractait dans l'air saturé de poussière.

Il lui vint à l'idée qu'il se trouvait peut-être à proximité de l'endroit où Kate Barlow avait dévalisé son arrière-grand-père. Si c'était vraiment son tube de rouge à lèvres qu'il avait découvert, elle avait sans doute dû habiter quelque part dans les environs.

Zéro prit son tour avant la pause du déjeuner. Stanley sortit de son trou et Zéro y descendit.

— Hé, l'Homme des cavernes, dit Zigzag. Tu devrais prendre un fouet. Comme ça, si ton esclave ne creuse pas assez vite, tu pourrais lui donner quelques coups dans le dos.

— Ce n'est pas mon esclave, dit Stanley. On a passé un marché, c'est tout.

— Pour toi, c'est un excellent marché.

— C'est Zéro qui a eu l'idée, pas moi.

— Tu comprends donc pas, Zig? dit X-Ray en

s'approchant. En fait, c'est l'Homme des cavernes qui fait une fleur à Zéro. Zéro aime bien creuser des trous.

— Il est vraiment sympa de laisser Zéro creuser son trou à sa place, dit Calamar.

— Et moi, alors? dit Aisselle. Moi aussi, j'aime bien creuser des trous. Est-ce que je pourrai creuser à ta place, l'Homme des cavernes, quand Zéro aura fini?

Les autres éclatèrent de rire.

— Non, c'est moi qui ai le droit de creuser pour lui, dit Zigzag, c'est mon anniversaire.

Stanley fit de son mieux pour ne pas leur prêter attention. Mais Zigzag ne désarmait pas.

— Allez, l'Homme des cavernes, dit-il, sois sympa. Laisse-moi creuser à ta place.

Stanley sourit, comme s'il s'agissait d'une bonne plaisanterie.

Lorsque Mr Pendanski arriva pour distribuer l'eau et les sandwichs, Zigzag proposa à Stanley de prendre sa place dans la file.

— Puisque tu vaux tellement mieux que moi.

Stanley resta là où il était.

— Je n'ai jamais dit que je valais mieux…

— Tu es en train de l'insulter, Zig, dit X-Ray. Pourquoi est-ce que l'Homme des cavernes prendrait ta place alors qu'il mérite d'être au premier rang? Il vaut bien mieux que nous tous réunis. Pas vrai, l'Homme des cavernes?

— Non, dit Stanley.

— Mais si, insista X-Ray. Allez, viens au premier rang, c'est là que tu as ta place.

— Ça va, dit Stanley.

— Non, non, ça va pas du tout, dit X-Ray. Viens ici.

Stanley hésita, puis il alla se placer au premier rang.

— Eh bien, c'est une première, dit Mr Pendanski en descendant du camion.

Il remplit le bidon de Stanley et lui donna le sac qui contenait son déjeuner.

Stanley fut content de s'éloigner. Il alla s'asseoir entre son trou et celui de Zéro. Il était soulagé d'avoir à finir de creuser son trou pendant le reste de la journée. Peut-être que les autres le laisseraient tranquille, maintenant. Peut-être ne devrait-il plus laisser Zéro creuser à sa place. Mais il lui fallait économiser son énergie pour être un bon professeur.

Il mordit dans son sandwich qui contenait une espèce de mélange de viande et de fromage venu d'une boîte de conserve. Au Lac vert, à peu près tout venait d'une boîte de conserve. Le camion qui amenait les provisions au camp passait une fois par mois.

Stanley leva les yeux et vit Zigzag et Calamar qui s'avançaient vers lui.

— Je te donne mon cookie si tu veux bien me laisser creuser à ta place, dit Zigzag.

Calamar éclata de rire.

— Tiens, prends mon cookie, dit Zigzag en le lui tendant.

— Non, merci, répondit Stanley.

— Allez, prends mon cookie, répéta Zigzag en le lui collant sous le nez.

— Laisse-moi tranquille.

— Vas-y, prends mon cookie, insista Zigzag qui continuait à le tenir sous son nez.

Calamar éclata de rire à nouveau.

Stanley repoussa la main de Zigzag.

Zigzag le poussa à son tour.

— Me pousse pas !

— Je ne t'ai pas poussé…

Stanley se releva. Il regarda autour de lui. Mr Pendanski était en train de remplir le bidon de Zéro.

Zigzag poussa à nouveau Stanley.

— Je t'ai dit de pas me pousser, dit-il.

Stanley recula d'un pas en évitant soigneusement le trou de Zéro.

Zigzag ne le lâchait pas. Il poussa Stanley une nouvelle fois en répétant :

— Arrête de me pousser !

— Laisse tomber, dit Aisselle qui arrivait en compagnie d'Aimant et de X-Ray.

— Pourquoi donc ? répliqua sèchement X-Ray. L'Homme des cavernes est plus grand. Il peut se défendre tout seul.

— Je ne cherche aucun ennui, dit Stanley.

Zigzag le poussa brutalement.

— Mange mon cookie, dit-il.

Stanley fut content de voir Mr Pendanski venir vers eux en compagnie de Zéro.

— Salut, M'man, dit Aisselle, on était en train de s'amuser un peu.

— J'ai vu ce qui s'est passé, dit Mr Pendanski.

Il se tourna vers Stanley.

— Vas-y, Stanley, dit-il. Défends-toi, frappe-le. Tu es plus fort que lui.

Stanley regarda Mr Pendanski d'un air stupéfait.

— Donne une leçon à cette brute, dit Mr Pendanski.

Du plat de la main, Zigzag frappa Stanley à l'épaule.

— Allez, donne-moi une leçon! lança-t-il sur un ton de défi.

Stanley fit une timide tentative pour frapper Zigzag. Une pluie de coups de poing s'abattit alors sur sa tête et son cou. D'une main, Zigzag le tenait par le col et le frappait de son autre main.

Le col se déchira et Stanley tomba en arrière.

— Ça suffit, maintenant, cria Mr Pendanski.

Mais ce n'était pas assez pour Zigzag. Il sauta sur Stanley allongé par terre et le piétina.

— Stop! cria Mr Pendanski.

Stanley avait un côté du visage plaqué contre le sol. Il essayait de se protéger mais les poings de Zigzag lui martelaient la tête comme pour l'enfoncer dans la terre.

Tout ce qu'il pouvait faire, c'était attendre que ce soit fini.

Soudain, Zigzag le lâcha. Stanley réussit à lever les yeux et vit que Zéro serrait dans son bras replié le long cou de Zigzag.

Zigzag émit un borborygme en essayant désespérément de se dégager.

— Tu vas le tuer! s'écria Mr Pendanski.

Mais Zéro continuait de serrer.

Aisselle fonça sur lui et parvint à libérer Zigzag de l'étranglement que lui faisait subir Zéro. Tous trois tombèrent sur le sol en s'écartant les uns des autres.

Mr Pendanski sortit son pistolet et tira un coup de feu en l'air.

Les autres conseillers d'éducation se précipitèrent en courant. Ils venaient du bureau, des tentes ou se trouvaient déjà sur le lac. Tous avaient leur pistolet à la main, mais ils le remirent aussitôt dans leur holster quand ils virent que l'incident était terminé.

Le Directeur sortit de sa cabane et s'approcha.

– Il y a eu une bagarre, expliqua Mr Pendanski. Zéro a failli étrangler Ricky.

Le Directeur regarda Zigzag qui se massait le cou en penchant la tête de tous côtés. Puis elle se tourna vers Stanley qui était de toute évidence en très mauvais état.

– Qu'est-ce qui t'est arrivé ? demanda-t-elle.

– Rien, ce n'était pas une bagarre.

– Ziggy était en train de frapper l'Homme des cavernes, dit Aisselle. Là-dessus, Zéro a commencé à étrangler Zigzag et c'est moi qui les ai séparés. Tout était fini avant que M'man tire le coup de pistolet.

– Ils ont eu un peu trop chaud, c'est tout, dit X-Ray. Vous savez comment c'est. À force de rester au soleil toute la journée, les gens finissent par avoir chaud, pas vrai ? Mais ça s'est rafraîchi, maintenant.

– Je vois, dit le Directeur.

Elle se tourna vers Zigzag.

— Qu'est-ce qu'il y a ? Tu n'as pas eu de petit chien pour ton anniversaire ?

— Zig a eu un peu chaud, dit X-Ray. Toute la journée au soleil, vous savez ce que c'est. Le sang se met à bouillir.

— C'est ça qui s'est passé, Zigzag ? demanda le Directeur.

— Ouais, répondit Zigzag. Exactement comme l'a dit X-Ray. À force de travailler dur en plein soleil pendant que l'Homme des cavernes reste assis à rien faire, mon sang s'est mis à bouillir.

— Pardon ? dit le Directeur. L'Homme des cavernes creuse des trous comme les autres.

Zigzag haussa les épaules.

— Parfois, dit-il.

— Pardon ?

— Chaque jour, Zéro creuse une partie du trou de l'Homme des cavernes, dit Calamar.

Le Directeur regarda successivement Calamar, Stanley puis Zéro.

— Je lui apprends à lire et à écrire, dit Stanley. C'est un échange. De toute façon, le trou est creusé, alors qu'est-ce que ça peut faire de savoir qui l'a creusé ?

— Pardon ? dit le Directeur.

— Est-ce que c'est pas plus important pour lui d'apprendre à lire ? demanda Stanley. Est-ce que ça ne forge pas le caractère bien mieux que de creuser des trous ?

— Ça, c'est pour son caractère, dit le Directeur. Mais pour le tien ?

Stanley haussa une épaule.

Le Directeur se tourna vers Zéro.

— Alors, Zéro, qu'est-ce que tu as appris jusqu'à maintenant?

Zéro ne répondit pas.

— Tu as creusé le trou de l'Homme des cavernes pour rien? lui demanda le Directeur.

— Il aime bien creuser des trous, dit Mr Pendanski.

— Raconte-moi ce que tu as appris hier, insista le Directeur. Tu t'en souviens sûrement.

Zéro ne répondit rien.

Mr Pendanski éclata de rire. Il ramassa une pelle et dit:

— Vous pourriez aussi bien essayer d'apprendre à lire à cette pelle! Elle a certainement plus de cervelle que Zéro.

— J'ai appris le son «ou», dit Zéro.

— Le son «ou», répéta le Directeur. Bon, alors dis-moi quel mot donnent les lettres c-o-u?

Zéro regarda autour de lui, l'air mal à l'aise. Stanley était sûr qu'il connaissait la réponse. Mais Zéro n'aimait pas répondre aux questions.

— Cou, dit Zéro.

Mr Pendanski applaudit.

— Bravo! Bravo! Ce garçon est un génie! s'exclama-t-il.

— Et les lettres f-o-u, qu'est-ce que ça donne comme mot? demanda le Directeur.

Zéro réfléchit un instant.

Stanley ne lui avait pas encore appris le son «fe».

— Eff, murmura Zéro. Eff-ou. Fou.

— Et les lettres h-o-u? demanda le Directeur.

Stanley ne lui avait pas encore appris le son «h».

Zéro se concentra puis il répondit:

— Chou.

Les conseillers éclatèrent de rire.

— C'est vraiment un génie! dit Mr Pendanski. Il est tellement stupide qu'il ne s'en aperçoit même pas.

Stanley ne savait pas pourquoi Mr Pendanski en voulait tellement à Zéro. S'il avait pris la peine d'y réfléchir, il se serait rendu compte qu'il était très logique pour Zéro de penser que la lettre «h» donnait le son «ch».

— Bon, alors, à partir de maintenant, je ne veux plus que qui que ce soit creuse le trou de quelqu'un d'autre, dit le Directeur. Et fini les leçons pour apprendre à lire.

— Je ne creuserai plus de trou, dit Zéro.

— Très bien, approuva le Directeur.

Elle se tourna alors vers Stanley.

— Tu sais pourquoi on vous fait creuser des trous? C'est pour votre bien. Ça vous donne une leçon. Si c'est Zéro qui creuse ton trou à ta place, tu n'apprendras pas la leçon.

— Sans doute pas, marmonna Stanley, bien qu'il sût que ce n'était pas simplement pour apprendre une leçon qu'ils creusaient des trous.

Le Directeur cherchait quelque chose, quelque chose qui avait appartenu à Kate Barlow l'Embrasseuse.

— Pourquoi est-ce que je ne pourrais pas creuser mon trou et continuer quand même à apprendre à lire à Zéro? demanda Stanley. Qu'est-ce qu'il y a de mal là-dedans?

— Je vais te dire ce qu'il y a de mal là-dedans, répondit le Directeur. Ça ne peut créer que des ennuis. Zéro a failli tuer Zigzag.

— C'est stressant pour lui, dit Mr Pendanski. Je sais que tu as de bonnes intentions, Stanley, mais regarde les choses en face. Zéro est trop bête pour apprendre à lire. C'est ça qui lui fait bouillir le sang. Pas le soleil.

— Je ne creuserai plus de trou, répéta Zéro.

Mr Pendanski lui tendit sa pelle.

— Tiens, prends ça, Zéro. Tu ne sauras jamais rien faire d'autre.

Zéro prit la pelle. Puis il la brandit soudain comme une batte de base-ball.

La plaque de métal fendit l'air et frappa Mr Pendanski en plein visage. Ses genoux fléchirent. Il était déjà évanoui avant même de s'effondrer sur le sol.

Les conseillers dégainèrent aussitôt leurs pistolets.

Zéro tenait la pelle devant lui comme s'il avait l'intention de s'en servir pour repousser les balles.

— Je déteste creuser des trous, dit-il.

Puis il recula lentement.

— Ne tirez pas, dit Le Directeur. Il ne peut aller nulle part et ce n'est vraiment pas le moment de nous coller une enquête sur le dos.

Zéro continuait de reculer. Il passait entre les trous en s'éloignant de plus en plus.

— Il faudra bien qu'il revienne chercher de l'eau, dit le Directeur.

Stanley vit le bidon de Zéro qui était resté sur le sol, près de son trou.

Deux autres conseillers aidèrent Mr Pendanski à se relever et l'emmenèrent dans la cabine du camion.

Stanley regarda dans la direction où Zéro était parti mais il avait déjà disparu dans la brume de chaleur.

Le Directeur ordonna aux conseillers de se relayer pour surveiller jour et nuit les douches et la salle de destruction. Il ne fallait surtout pas que Zéro puisse revenir boire de l'eau. Lorsqu'il serait de retour, ils devraient le lui amener directement.

– Il faudra bientôt que je repasse une couche de vernis, dit-elle en examinant ses ongles.

Avant de partir, elle annonça aux six garçons qui restaient dans le groupe D qu'ils devraient continuer à creuser sept trous chaque jour.

31

Avec colère, Stanley enfonça la pelle dans le sol. Il était furieux contre tout le monde : Mr Pendanski, le Directeur, Zigzag, X-Ray et aussi son horrible-abominable-vaurien-d'arrière-arrière-grand-père-voleur-de-cochon. Mais surtout, il était furieux contre lui-même.

Il savait qu'il n'aurait jamais dû laisser Zéro creuser à sa place. Il aurait pu lui apprendre à lire sans avoir besoin de ça. Si Zéro pouvait creuser toute la journée et garder la force d'apprendre à lire le soir, lui-même aurait dû avoir suffisamment d'énergie pour lui donner des leçons après sa propre journée de travail.

Ce qu'il aurait dû faire, pensa-t-il, c'était aller chercher Zéro.

Mais il ne le fit pas.

Personne ne l'aida à creuser le trou de Zéro et, d'ailleurs, il ne s'attendait pas à recevoir d'aide. Zéro l'avait aidé à creuser son trou. Maintenant, c'était à lui de creuser le trou de Zéro.

Il resta à creuser pendant les heures les plus chaudes, longtemps après que les autres eurent regagné le camp. Il jetait un coup d'œil de temps en temps pour voir s'il n'apercevait pas Zéro, mais Zéro ne revint pas.

Il aurait été facile de se lancer à sa recherche. Personne ne l'en aurait empêché. Il continuait à penser que c'était ce qu'il aurait dû faire.

Peut-être qu'ils auraient pu monter ensemble sur le pouce de Dieu.

Si ce n'était pas trop loin. Et si c'était vraiment l'endroit où son arrière-grand-père avait trouvé refuge. Et si, après un peu plus d'un siècle, il y avait toujours de l'eau là-haut.

C'était peu probable. Pas après qu'un lac tout entier se fut asséché.

Et même s'ils parvenaient à trouver refuge sur le pouce de Dieu, pensa-t-il, ils devraient quand même revenir ici, un jour ou l'autre. Et là, ils se retrouveraient face au Directeur, avec ses doigts au venin de serpent à sonnette.

Il eut alors une meilleure idée, bien qu'elle fût encore imprécise.

Il pensa qu'il pourrait peut-être passer un marché avec le Directeur. Il lui dirait où il avait vraiment trouvé le tube doré si elle s'engageait à ne pas griffer Zéro.

Il ne savait pas très bien comment s'y prendre pour lui proposer le marché sans aggraver ses ennuis. Elle pourrait très bien lui répondre : «Dis-moi où tu as trouvé le tube, sinon je te griffe toi aussi.» Et puis, dans ce cas, X-Ray aurait également des ennuis. Lui aussi se ferait sans doute griffer.

Et pendant les seize prochains mois, X-Ray s'acharnerait sur lui.

Il enfonça la pelle dans le sol.

Le lendemain matin, Zéro n'était toujours pas revenu. Stanley vit l'un des conseillers d'éducation qui montait la garde devant le robinet, sur le mur des douches.

Mr Pendanski avait les deux yeux au beurre noir et un pansement sur le nez. Stanley l'entendit dire :

– J'ai toujours su qu'il était stupide.

Le lendemain, Stanley n'eut qu'un seul trou à creuser. Pendant tout le temps qu'il passa la pelle à la main, il resta aux aguets pour voir s'il n'apercevait pas Zéro. S'il l'avait repéré, il aurait pu lui apporter un peu d'eau.

Stanley ne le vit pas. Après avoir achevé son trou, il voulut regarder une fois encore s'il n'était pas là, quelque part au loin. Mais il se rendait compte qu'il était déjà trop tard.

Son seul espoir, c'était que Zéro ait trouvé tout seul le pouce de Dieu. Ce n'était pas impossible. Son arrière-grand-père l'avait bien trouvé, lui. Pour une raison quelconque, il avait ressenti la nécessité de monter au sommet de cette montagne. Peut-être Zéro éprouverait-il la même nécessité ?

Si c'était bien la même montagne. S'il y avait toujours de l'eau.

Il essaya de se convaincre que ce n'était pas impossible. Il y avait eu un orage quelques jours auparavant. Peut-être que le pouce de Dieu était une sorte de réservoir naturel qui recueillait et conservait l'eau de pluie.

Ce n'était pas impossible.

Lorsqu'il revint dans la tente, le Directeur, Mr Monsieur et Mr Pendanski l'attendaient.

— Tu as vu Zéro? lui demanda le Directeur.

— Non.

— Aucun signe de lui?

— Non.

— Tu as une idée de l'endroit où il aurait pu aller?

— Non.

— Tu sais que tu ne lui rends pas du tout service si tu nous mens, dit Mr Monsieur. Il ne peut pas survivre plus d'un jour ou deux dans cette région.

— Je ne sais pas où il est.

Tous trois regardèrent Stanley, essayant visiblement de déterminer s'il disait bien la vérité. Le visage de Mr Pendanski avait tellement enflé qu'il pouvait à peine ouvrir les paupières. Ses yeux n'étaient plus que des fentes.

— Vous êtes sûr qu'il n'a pas de famille? demanda le Directeur à Mr Pendanski.

— Il est pupille de l'État du Texas, répondit Mr Pendanski. Il vivait dans la rue quand on l'a arrêté.

— Est-ce qu'il y a quelqu'un qui pourrait poser des questions à son sujet? Une assistante sociale qui se serait intéressée à lui?

— Il n'avait personne, assura Mr Pendanski. Il n'était personne.

Le Directeur réfléchit un moment.

— Très bien. Vous allez détruire complètement son dossier.

Mr Pendanski approuva d'un signe de tête.

— Il n'est jamais venu ici, dit le Directeur.

Mr Monsieur approuva à son tour d'un signe de tête.

— Pouvez-vous avoir accès aux fichiers de l'État à partir de notre ordinateur? demanda le Directeur à Mr Pendanski. Je veux que personne au bureau de l'attorney général ne puisse savoir qu'il est venu ici.

— Je ne crois pas qu'il soit possible de l'effacer complètement des archives de l'État, dit Mr Pendanski. Il y a trop de données qui se recoupent. Mais je peux faire en sorte qu'il soit très difficile pour quiconque de retrouver des éléments qui le concernent. Comme je l'ai dit, personne ne cherchera jamais à se renseigner sur lui. Personne ne s'intéresse à Hector Zéroni.

— Très bien, conclut le Directeur.

32

Deux jours plus tard, un nouvel arrivant fut intégré au groupe D. Il s'appelait Brian, mais X-Ray le surnomma Tic parce qu'il s'agitait sans cesse. Tic hérita du lit de camp et du casier de Zéro.

Les places vacantes ne le restent jamais bien longtemps au Camp du Lac vert.

Tic avait été arrêté par la police pour avoir volé une voiture. Il prétendait qu'il était capable de forcer la portière d'une voiture, de débrancher l'alarme et de faire démarrer le moteur en moins d'une minute.

— Tu comprends, moi, j'avais pas prévu de la voler, leur dit-il, mais parfois, quand je passe près d'une belle bagnole, rangée dans un coin désert, je commence à m'agiter, tu comprends? Parce que tu trouves peut-être que je m'agite tout le temps, mais tu devrais me voir quand je suis devant une bagnole. Là, je m'agite tellement qu'en un clin d'œil, je me retrouve derrière le volant.

Stanley était allongé entre ses draps rêches. Il s'aperçut alors que son lit de camp ne sentait plus rien. Il se demanda si l'odeur avait fini par disparaître ou s'il y était tellement habitué qu'il ne la remarquait plus.

— Hé, l'Homme des cavernes, dit Tic. Il faut vraiment qu'on se lève à quatre heures et demie?

– On s'y fait, répondit Stanley. C'est le moment où on a le moins chaud.

Il essaya de ne pas penser à Zéro. Il était trop tard. Ou bien il avait réussi à atteindre le pouce de Dieu, ou bien…

Ce qui l'inquiétait le plus, cependant, ce n'était pas qu'il soit trop tard. Ce qui l'inquiétait le plus, ce qui véritablement le rongeait à l'intérieur, c'était la peur qu'il ne soit *pas* trop tard.

Et si Zéro était toujours vivant, rampant désespérément sur la terre sèche, en quête d'un peu d'eau?

Il essaya de chasser cette image de son esprit.

Le lendemain matin, sur le lac, Stanley écouta Mr Monsieur indiquer à Tic la taille que devait avoir son trou:

– …Même profondeur et même diamètre que la longueur de ta pelle.

Tic s'agitait. Ses doigts pianotaient sur le manche de sa pelle et il penchait la tête d'un côté et d'autre.

– Tu t'agiteras beaucoup moins quand tu auras passé une journée à creuser, lui dit Mr Monsieur. Tu n'auras même plus la force de remuer le petit doigt.

Il enfourna des graines de tournesol, donna habilement quelques coups de dents et recracha les écorces.

– Ce n'est pas un camp de Girl Scouts, ici, ajouta-t-il.

Le camion d'eau arriva peu après le lever du soleil. Stanley prit sa place dans la file, derrière Aimant et devant Tic.

Et s'il n'était pas trop tard?

Il regarda Mr Monsieur remplir le bidon de X-Ray. L'image de Zéro rampant sur la terre sèche demeurait dans sa tête.

Mais que pouvait-il bien y faire? Même si Zéro avait survécu après plus de quatre jours, comment Stanley pourrait-il le trouver? Il lui faudrait des jours et des jours. Il aurait besoin d'une voiture.

Ou d'un pick-up. Un pick-up avec une citerne d'eau sur la plate-forme.

Stanley se demanda si Mr Monsieur avait laissé la clé sur le contact.

Il recula lentement en s'éloignant de la file puis décrivit un cercle vers le côté du camion. Il jeta un coup d'œil par la vitre. Les clés étaient là, pendant au tableau de bord.

Stanley sentit des fourmillements dans ses doigts.

Il prit une profonde inspiration pour se calmer et essaya d'avoir les pensées claires. Il n'avait jamais conduit auparavant.

Est-ce que c'était vraiment difficile?

C'est une véritable folie, se dit-il. Quoi qu'il fasse, il devait le faire vite, avant que Mr Monsieur s'aperçoive de quelque chose.

Il est trop tard, se dit-il. Il était impossible que Zéro ait survécu. *Et s'il n'était pas trop tard?*

Il prit à nouveau une profonde inspiration. *Réfléchis*, se dit-il. Mais il n'avait pas le temps de réfléchir. Il ouvrit à la volée la portière du camion et sauta dans la cabine.

— Hé! cria Mr Monsieur.

Il tourna la clé et enfonça l'accélérateur. Le moteur s'emballa.

Le pick-up ne bougea pas.

Il colla l'accélérateur au plancher. Le moteur rugit, mais le camion resta immobile.

Mr Monsieur contourna le camion en courant. La portière était toujours ouverte.

– Enclenche une vitesse ! s'écria Tic.

Le levier de vitesse automatique était au plancher, à côté du siège. Stanley le tira vers lui jusqu'à ce que la flèche pointe sur la lettre D, pour «Drive».

Le camion s'élança brusquement en avant. Stanley fut projeté sur le dossier du siège et agrippa fermement le volant tandis que le pick-up prenait de la vitesse. Stanley avait le pied au plancher.

Le camion roulait de plus en plus vite sur le lit asséché du lac. Un tas de terre lui fit faire un bond. Stanley fut soudain projeté en avant puis aussitôt rejeté en arrière lorsque l'airbag lui explosa à la figure. Il tomba par la portière ouverte et se retrouva sur le sol.

Il avait foncé droit dans un trou.

Il resta allongé par terre à regarder le camion planté de travers dans le trou et soupira. Cette fois, il ne pouvait pas en vouloir à son horrible-abominable-vaurien-d'arrière-arrière-grand-père-voleur-de-cochon. Cette fois, c'était entièrement sa faute, à cent pour cent. Il avait sans doute fait la chose la plus stupide de sa courte et misérable vie.

Il se releva péniblement. Il avait un peu mal mais ne pensait pas s'être cassé quelque chose. Il jeta un coup d'œil à Mr Monsieur qui restait là à le regarder sans bouger.

Stanley se mit à courir. Son bidon était accroché à son cou. Il cognait contre sa poitrine au rythme de sa course et, chaque fois qu'il le sentait rebondir contre lui, il se souvenait qu'il était vide, vide, vide.

33

Il ralentit et marcha normalement. Apparemment, personne ne le poursuivait. Il entendait des voix, près du camion, mais ne comprenait pas ce qui se disait. De temps en temps, il entendait le moteur rugir, mais le camion n'était pas près de pouvoir rouler à nouveau.

Il prit ce qu'il pensait être la direction du Grand Pouce, mais il ne pouvait le voir à travers la brume de chaleur.

Marcher le calmait et l'aidait à avoir les idées claires. Il doutait qu'il puisse arriver jusqu'au Grand Pouce. Avec un bidon vide, il ne voulait pas risquer sa vie dans l'espoir de trouver refuge là-bas. Il lui faudrait revenir au camp. Il le savait. Mais il n'était pas pressé. Il valait mieux y retourner plus tard, quand tout le monde aurait eu le temps de se calmer. Et puisqu'il était arrivé jusqu'ici, il pouvait en profiter pour chercher Zéro.

Il décida de marcher aussi loin qu'il pourrait, jusqu'à ce qu'il soit trop faible pour continuer. Il ferait alors demi-tour et reviendrait au camp.

Il sourit en se rendant compte que son plan ne marcherait pas. Il faudrait qu'il fasse la moitié du chemin qu'il pensait pouvoir parcourir, afin d'avoir encore la force de revenir sur ses pas. Ensuite, il devrait passer un marché avec le Directeur, lui révéler où il avait trouvé le tube de rouge à lèvres de Kate Barlow, et implorer sa grâce.

Il fut surpris de voir jusqu'à quelle distance il y avait des trous. Il n'arrivait même plus à distinguer le camp mais il passait toujours devant des trous. Lorsqu'il pensait avoir vu le dernier, il en trouvait encore d'autres un peu plus loin.

Autour du camp, ils avaient creusé d'une manière systématique, rangée par rangée, selon un ordre bien défini, en laissant suffisamment de place pour permettre au camion d'eau de passer. Mais ici, on ne décelait aucun ordre. Il y avait des trous par-ci par-là. Dans des accès de dépit, le Directeur avait dû choisir des endroits au hasard et dire : « Allez-y, creusez ici, on verra bien. » C'était comme chercher les bons numéros en jouant à la loterie.

Stanley se surprit à regarder à l'intérieur de chaque trou devant lequel il passait, sans s'avouer ce qu'il cherchait.

Après plus d'une heure, il pensa qu'il devait avoir vu le dernier trou mais il en aperçut encore plusieurs sur sa gauche. Il ne voyait pas vraiment les trous, mais plutôt les tas de terre qui les entouraient.

Il enjamba un monticule de terre et regarda dans le premier trou. Son cœur s'arrêta alors de battre.

Tout au fond, il y avait une famille de lézards à taches jaunes. Leurs gros yeux rouges le regardaient.

Il bondit par-dessus le tas de terre et s'enfuit à toutes jambes.

Il ne savait pas si les lézards le poursuivaient. Il avait cru en voir un sauter hors du trou.

Il courut jusqu'à perdre haleine, puis il se laissa tomber par terre. Les lézards ne l'avaient pas poursuivi. Il resta assis là pour reprendre son souffle. En se relevant, il remarqua une forme sur le sol, à une cinquantaine de mètres. Apparemment, ce n'était pas grand-chose, peut-être un simple rocher, mais sur une étendue vide, tout ce qui attirait le regard paraissait inhabituel.

Il s'avança lentement. La rencontre avec les lézards l'avait rendu très prudent.

C'était simplement un sac vide de graines de tournesol. Il se demanda si c'était celui qu'Aimant avait volé à Mr Monsieur, mais c'était peu probable.

Il le retourna et n'y trouva qu'une seule graine collée à la toile.

Son déjeuner.

34

Le soleil était presque à la verticale. Il estimait qu'il pouvait encore marcher une heure, peut-être deux, avant de devoir revenir sur ses pas.

C'était apparemment inutile. Il voyait bien qu'il n'y avait rien devant lui. Rien que le vide. Il avait chaud, il était fatigué, il avait faim, et surtout soif. Peut-être aurait-il mieux fait de reprendre tout de suite la direction du camp. Peut-être avait-il déjà fait la moitié du chemin sans le savoir.

Puis, en regardant autour de lui, il vit un bassin d'eau à moins d'une centaine de mètres de l'endroit où il se trouvait. Il ferma les yeux et les rouvrit pour être sûr qu'il ne s'agissait pas d'un effet de son imagination. Le bassin était toujours là.

Il se précipita dans sa direction. Le bassin prit aussitôt la fuite, avançant à la même vitesse que lui, s'arrêtant quand il s'arrêtait.

Il n'y avait pas d'eau. C'était un mirage provoqué par les ondes de chaleur qui s'élevaient du sol en scintillant au soleil.

Il continua de marcher, tenant toujours à la main le sac vide qui avait contenu les graines de tournesol. Il lui serait peut-être utile s'il trouvait quelque chose à y mettre.

Au bout d'un moment, il eut l'impression qu'il arrivait à distinguer la forme des montagnes à travers la brume. Au début, il se demanda s'il ne s'agissait pas d'un nouveau mirage mais, plus il marchait, plus elles apparaissaient nettement. Droit devant lui, il voyait quelque chose qui ressemblait à un poing, le pouce levé.

Il ignorait quelle distance il avait parcouru. Cinq kilomètres ? Cinquante kilomètres ? Une chose était certaine : il avait dépassé la moitié du chemin qu'il pourrait faire avant d'être trop faible pour continuer.

Il poursuivit sa marche dans cette direction, sans très bien savoir pourquoi. Il se rendait compte qu'il lui faudrait faire demi-tour avant d'être arrivé jusque-là. Mais chaque fois qu'il regardait la montagne, elle semblait l'encourager, avec son pouce levé.

Tandis qu'il marchait ainsi, il aperçut quelque chose de très grand, sur le lit du lac. Il ne savait pas ce que c'était, ni même s'il s'agissait de quelque chose de naturel ou fabriqué par des hommes. On aurait dit un arbre abattu, mais il était peu probable qu'un arbre ait pu pousser ici. Ce devait plutôt être un amas de terre ou de rocs.

L'objet, quel qu'il fût, n'était pas sur le chemin du Grand Pouce. Il se trouvait plus loin sur la droite. Stanley se demanda s'il devait aller voir ce que c'était ou continuer tout droit. Ou peut-être faire demi-tour.

Il était inutile de poursuivre son chemin vers le Grand Pouce, estima-t-il. Il n'arriverait jamais jusque-là. Autant essayer de décrocher la lune. En revanche, il pouvait atteindre l'objet mystérieux.

Il changea de direction. C'était sans doute dénué d'intérêt, mais le fait qu'il y eût quelque chose au milieu de ce rien méritait qu'on s'y attarde un peu. Il décida que cet objet marquerait la moitié de son chemin, en espérant qu'il n'était pas déjà allé trop loin.

Il éclata de rire en voyant de quoi il s'agissait. C'était un bateau – ou un morceau de bateau. Il trouvait très drôle de voir un bateau au milieu de cette terre sèche et désolée. Mais après tout, se rappela-t-il, il y avait eu un lac ici, autrefois.

Le bateau était renversé, à moitié enterré dans le sol.

Quelqu'un avait peut-être fait naufrage ici, pensa-t-il sombrement – là où lui-même pouvait très bien mourir de soif.

Le nom du bateau était peint à l'arrière. Les lettres renversées étaient écaillées et à moitié effacées, mais Stanley parvint quand même à lire : *Mary Lou*.

D'un côté, il y avait un tas de terre et un tunnel qui menait sous le bateau. Le tunnel semblait suffisamment large pour permettre le passage d'un gros animal.

Stanley entendit un bruit. Quelque chose bougea sous le bateau.

Quelque chose qui s'apprêtait à sortir.

– Hé! s'écria Stanley en espérant lui faire peur et l'inciter à rentrer sous terre.

Il avait la bouche très sèche et il lui était difficile de crier fort.

— Hé! répondit la chose d'une voix faible.

Une main sombre et une manche orange sortirent alors du tunnel.

35

Le visage de Zéro ressemblait à une citrouille de Halloween qu'on aurait oubliée dans un coin: à moitié décomposé avec des yeux caves et un sourire qui tirait les coins de sa bouche vers le bas.

— C'est de l'eau? demanda-t-il.

Sa voix était faible et rauque et ses lèvres si pâles qu'elles étaient devenues presque blanches. Lorsqu'il parlait, sa langue semblait ballotter dans sa bouche comme quelque chose d'inutile qui n'avait rien à faire là.

— Mon bidon est vide, dit Stanley.

Il fixa Zéro, sans parvenir à croire qu'il était bien réel.

— J'ai essayé de t'amener le camion d'eau, mais…

Il eut un timide sourire.

— Je l'ai fait tomber dans un trou. Je n'arrive pas à croire que tu sois…

— Moi non plus, dit Zéro.

— Viens, il faut retourner au camp.

Zéro hocha la tête en signe de dénégation.

— Je n'y retournerai pas.

— Il le faut bien. On sera obligés d'y retourner tous les deux.

– Tu veux du sploush ? demanda Zéro.

– Quoi ?

Zéro mit sa main en visière.

– Il fait plus frais sous le bateau, dit-il.

Stanley regarda Zéro ramper en arrière dans son tunnel. C'était un miracle qu'il soit encore en vie, mais Stanley savait qu'il devrait bientôt le ramener au camp, même s'il fallait le porter.

Il rampa à sa suite et parvint tout juste à se glisser dans le trou. Il n'aurait jamais réussi à passer par une ouverture aussi étroite à son arrivée au Camp du Lac vert. Il avait perdu beaucoup de poids.

En se faufilant dans le tunnel, il se cogna la jambe contre quelque chose de dur. C'était une pelle. Pendant un instant, Stanley se demanda comment elle était arrivée là, mais il se rappela que Zéro l'avait emportée avec lui après avoir frappé Mr Pendanski.

Il faisait plus frais sous le bateau à moitié enterré et il y avait suffisamment de fissures et de trous dans la coque, devenue un toit, pour laisser passer l'air et la lumière. Stanley vit des bocaux vides dispersés un peu partout.

Zéro avait un bocal dans les mains et grognait en essayant de dévisser le couvercle.

– Qu'est-ce que c'est ?

– Du sploush !

La voix de Zéro était tendue par l'effort qu'il faisait pour essayer d'ouvrir le bocal.

– C'est comme ça que j'appelle ce truc-là. C'était enterré sous le bateau.

Il n'arrivait toujours pas à dévisser le couvercle.

— J'en ai trouvé seize bocaux. Tiens, passe-moi la pelle.

Stanley n'avait pas beaucoup de place pour bouger. Il tendit la main derrière lui, attrapa l'extrémité du manche et tendit la pelle à Zéro, la lame la première.

— Parfois, il faut simplement... dit Zéro.

Il frappa le bocal contre la plaque de métal en cassant le verre juste au-dessous du couvercle. Il se dépêcha de porter le bocal à sa bouche pour lécher le sploush qui coulait par-dessus les pointes de verre brisé avant qu'il ne tombe par terre.

— Fais attention, dit Stanley.

Zéro prit le couvercle brisé et le lécha également. Puis il tendit le bocal à Stanley.

— Tiens, bois ça.

Stanley contempla un moment le bocal qu'il tenait à la main. Il avait peur du verre brisé. Il avait également peur du sploush. On aurait dit de la boue. Il ignorait ce que c'était, mais les bocaux avaient dû se trouver dans le bateau quand il avait fait naufrage. Ce qui voulait dire que leur contenu avait plus de cent ans. Qui pouvait dire quel genre de bactéries s'étaient installées là-dedans?

— Vas-y, c'est bon, l'encouragea Zéro.

Stanley se demanda si Zéro avait jamais entendu parler de bactéries. Il porta le bocal à ses lèvres et but avec précaution une gorgée de son contenu.

C'était un nectar tiède, pétillant, sirupeux, sucré et un peu piquant. Il eut l'impression d'être au paradis en sentant le liquide couler dans sa bouche et sa gorge desséchées. Il pensa qu'à l'origine, il avait dû y avoir des fruits là-dedans, peut-être des pêches.

Zéro lui sourit.

— Je t'avais dit que c'était bon.

Stanley ne voulait pas en boire trop, mais c'était tellement bon qu'il ne pouvait résister. Ils se passèrent le bocal jusqu'à ce qu'il soit vide.

— Il y en a encore combien? demanda Stanley.

— C'était le dernier, répondit Zéro.

Stanley resta bouche bée.

— Bon, il faut que je te ramène, maintenant, dit-il.

— Je ne creuserai plus de trous, dit Zéro.

— Ils ne te feront pas creuser, promit Stanley. Ils vont sans doute t'envoyer à l'hôpital, comme Sac-à-vomi.

— Sac-à-vomi a marché sur un serpent à sonnette, dit Zéro.

Stanley se souvint qu'il avait failli faire la même chose.

— Il n'a pas dû entendre la sonnette, dit Stanley.

— Il l'a fait exprès, répondit Zéro.

— Tu crois?

— Il a enlevé ses chaussures et ses chaussettes avant de marcher dessus.

Stanley eut un frisson en essayant d'imaginer la scène.

— Qu'est-ce que ça veut dire, «Maryeu Le-ou»? demanda Zéro.

— Quoi?

Zéro se concentra.

— Maryeu Le-ou?

— Aucune idée.

— Je vais te montrer, dit Zéro.

Il rampa hors du bateau.

Stanley le suivit. Au-dehors, il dut se protéger les yeux de la clarté du soleil.

Zéro alla à l'arrière du bateau et montra les lettres à l'envers.

— M-ar-yeu. Le-ou, dit-il.

Stanley sourit.

— Mary Lou. C'est le nom du bateau.

— Mary Lou, répéta Zéro en observant les lettres. Je croyait que «y» faisait le son «yeu».

— C'est vrai, répondit Stanley, mais pas quand il est à la fin d'un mot. Parfois «y» fait «i» et parfois «yeu».

Zéro poussa soudain un grognement. Il se tint le ventre et se plia en deux.

— Qu'est-ce qui t'arrive?

Zéro s'effondra par terre et se coucha en chien de fusil en continuant de grogner.

Stanley le regarda sans savoir quoi faire. Il se demanda si c'était l'effet du sploush. Il jeta un coup d'œil en direction du Camp du Lac vert. Ou ce qu'il pensait être la direction du camp. Il n'en était pas tout à fait sûr, cependant.

Zéro cessa de gémir et son corps se déplia lentement.

— Je t'emmène, dit Stanley.

Zéro parvint à s'asseoir. Il respira longuement à plusieurs reprises.

— J'ai un plan pour que tu n'aies pas d'ennuis, assura Stanley. Tu te souviens quand j'ai trouvé le tube doré? Je l'ai donné à X-Ray et le Directeur nous a fait creuser comme des dingues partout où elle croyait que X-Ray l'avait trouvé. Si je lui dis où je l'ai vraiment déterré, je pense qu'elle nous laissera tranquilles.

— Je ne retourne pas là-bas, dit Zéro.

— Tu ne peux aller nulle part ailleurs, dit Stanley.

Zéro resta silencieux.

— Tu vas mourir ici, dit Stanley.

— Eh ben, je mourrai ici.

Stanley ne savait pas quoi faire. Il était venu au secours de Zéro et, au lieu de l'aider, il avait bu ce qui restait de son sploush. Il observa l'horizon.

— Je voudrais que tu regardes quelque chose, dit-il.

— Je ne...

— Je voudrais simplement que tu regardes la montagne, là-bas. Celle qui a quelque chose qui dépasse. Tu la vois?

— Oui, je crois.

— À quoi ça ressemble, d'après toi? Est-ce que ça te fait penser à quelque chose?

Zéro ne répondit rien.

Mais tandis qu'il observait la montagne, sa main droite se resserra lentement en un poing. Il leva le pouce. Ses yeux allèrent de la montagne à sa main puis se fixèrent à nouveau sur la montagne.

36

Ils mirent quatre des bocaux intacts dans le sac de graines, au cas où ils en auraient besoin. Stanley portait le sac, Zéro la pelle.

— Il faut que je te prévienne, dit Stanley. Je ne suis pas vraiment le type le plus veinard qu'on puisse imaginer.

Zéro ne s'en inquiétait pas.

— Quand on passe toute sa vie à creuser un trou, dit-il, on ne peut que monter plus haut.

Tous deux levèrent le pouce pour s'encourager et se mirent en chemin.

C'était le moment le plus chaud de la journée. Le bidon vide, vide, vide, de Stanley était toujours accroché à son cou. Il repensa au camion d'eau et regretta de ne pas avoir rempli son bidon une dernière fois avant de s'enfuir.

Ils n'étaient pas allés bien loin lorsque Zéro eut une nouvelle crise. Il se prit le ventre à deux mains et tomba par terre.

Stanley ne put rien faire d'autre qu'attendre que la crise soit passée. Le sploush avait sauvé la vie de Zéro mais à présent, il le détruisait de l'intérieur. Stanley se demanda dans combien de temps lui aussi en ressentirait les effets.

Il regarda le Grand Pouce. Il ne semblait pas s'être rapproché depuis leur départ.

Zéro respira profondément et parvint à s'asseoir.

— Tu peux marcher? lui demanda Stanley.

— Attends un peu, répondit Zéro.

Il prit une nouvelle inspiration, puis se releva en s'appuyant sur la pelle. Il leva le pouce et ils se remirent en chemin.

Parfois, Stanley évitait pendant un long moment de regarder le Grand Pouce. Il imprimait son image dans sa tête, comme s'il avait fait une photo, puis attendait dix minutes avant de le regarder à nouveau, pour voir s'il semblait plus proche.

Ce n'était jamais le cas. C'était comme s'il avait essayé de poursuivre la lune.

Et d'ailleurs, même s'ils parvenaient jusqu'au pied de la montagne, il leur resterait encore à l'escalader, songea-t-il.

— Je me demande qui c'était, dit Zéro.

— Qui ça?

— Mary Lou.

Stanley sourit.

— Ça devait être quelqu'un qui a véritablement existé sur un vrai lac. Difficile à imaginer.

— Je suis sûr qu'elle était jolie, dit Zéro. Quelqu'un a dû être très amoureux d'elle pour donner son nom à un bateau.

— Ouais, dit Stanley. Elle devait être superbe en

maillot de bain, assise dans le bateau pendant que son petit ami ramait.

Zéro se servait de la pelle comme d'une troisième jambe. Deux jambes ne suffisaient pas à le porter.

— Il faut que je me repose, dit-il au bout d'un moment.

Stanley regarda le Grand Pouce. Il ne paraissait toujours pas plus proche. Il avait peur de ne jamais pouvoir repartir si Zéro s'arrêtait maintenant.

— On y est presque, dit-il.

Il se demanda ce qui était le plus près : le Camp du Lac vert ou le Grand Pouce ?

— J'ai vraiment besoin de m'asseoir.

— Essaie d'aller un peu plus…

Zéro s'effondra. La pelle resta verticale un instant, en équilibre sur sa pointe, puis tomba à côté de lui.

Zéro était à genoux, plié en deux, le front contre le sol. Stanley l'entendait gémir très faiblement. Il regarda la pelle et ne put s'empêcher de penser qu'il en aurait peut-être besoin pour creuser une tombe. Le dernier trou de Zéro.

Et qui creusera une tombe pour moi ? pensa-t-il.

Mais Zéro se releva une fois encore et leva à nouveau le pouce.

— Donne-moi des mots, dit-il d'une voix faible.

Stanley mit quelques instants à comprendre ce qu'il voulait. Puis il sourit et dit :

— C-o-u-r-s.

Zéro décomposa les sons pour lui-même.

— C-ou-r, cours. Cours.

— Très bien. Maintenant, f-o-u-r.

— Ffe... Four.

Épeler des mots semblait aider Zéro. Il pouvait se concentrer sur quelque chose qui lui permettait d'oublier sa douleur et sa faiblesse.

C'était aussi une distraction pour Stanley. Quand il regarda à nouveau le Grand Pouce, il paraissait véritablement plus proche.

Ils cessèrent d'épeler des mots lorsqu'ils s'aperçurent que parler leur faisait trop mal. Stanley avait la gorge sèche. Il était faible, épuisé, mais il savait que Zéro allait encore dix fois plus mal. Et tant que Zéro pourrait continuer, lui aussi continuerait.

Il était possible, songea-t-il – espéra-t-il – que lui-même n'ait pas absorbé la bactérie responsable des malaises de Zéro. Zéro n'avait pas réussi à dévisser le couvercle du dernier bocal. Peut-être que les germes n'avaient pas pu y entrer non plus. Peut-être que les bactéries ne s'étaient trouvées que dans les bocaux faciles à ouvrir, ceux qu'il portait à présent dans le sac.

Ce qui effrayait le plus Stanley dans le fait de mourir, ce n'était pas la mort en elle-même. Il pensait être capable de supporter la douleur. Ce ne serait guère pire que ce qu'il ressentait à présent. Et même, il était possible qu'au moment de sa mort il soit trop faible pour ressentir la douleur. La mort serait un soulagement. Ce qui l'inquiétait le plus, c'était la pensée que ses parents ne sachent pas ce qui lui était arrivé, ignorent s'il était vivant ou mort. Il n'osait pas imaginer ce que son père et sa mère éprouveraient, jour après jour, mois après mois, ne sachant pas ce qui s'était passé, nourrissant de faux espoirs. Pour lui au moins, ce serait terminé. Pour ses parents, en revanche, la douleur n'aurait jamais de fin.

Il se demanda si le Directeur enverrait une équipe de recherche pour essayer de le retrouver. C'était peu probable. Elle n'avait envoyé personne pour chercher Zéro. Mais personne ne se souciait de Zéro. Ils s'étaient contentés de détruire son dossier.

Stanley, lui, avait une famille. Elle ne pourrait pas faire comme s'il n'avait jamais été là. Il se demanda ce qu'elle dirait à ses parents. Et quand?

— Qu'est-ce que tu crois qu'il y a là-haut? demanda Zéro.

Stanley regarda le sommet du Grand Pouce.

— Sans doute un restaurant italien, répondit-il.

Zéro réussit à rire.

— Moi, je prendrai une pizza aux poivrons et un grand verre de *root beer*, dit Stanley.

— Moi, je veux une grande coupe de glace, dit Zéro, avec des noisettes, de la crème Chantilly, des bananes et du caramel chaud.

Le soleil était presque en face d'eux et le pouce pointait vers lui.

Ils arrivèrent à l'extrémité du lac. D'immenses parois de pierre blanche se dressaient devant eux.

À la différence de la rive est, où se trouvait le Camp du Lac vert, la rive ouest ne remontait pas en pente douce. C'était comme s'ils avaient marché au fond d'une poêle géante dont il leur faudrait escalader le bord pour sortir.

Ils ne voyaient plus le Grand Pouce. Les parois

escarpées comme des falaises leur en cachaient la vue. Elles leur cachaient également le soleil.

Zéro laissa échapper un gémissement et se prit le ventre à deux mains, mais il resta debout.

— Ça va très bien, murmura-t-il.

Stanley aperçut un sillon d'environ trente centimètres de large et d'une quinzaine de centimètres de profondeur qui descendait tout au long de la paroi. De chaque côté du sillon, il y avait une série de rebords qui dépassaient de la roche.

— On va essayer là, dit-il.

Apparemment, il fallait escalader une hauteur de quinze mètres à la verticale.

Stanley parvint à garder le sac de bocaux à la main tout en montant lentement sur les rebords qui se succédaient en travers du sillon. Parfois, il devait prendre appui sur le côté du sillon pour parvenir jusqu'au rebord suivant.

Zéro arrivait tant bien que mal à le suivre, mais son corps fragile était agité de terribles tremblements tandis qu'il escaladait la paroi de pierre.

Certains rebords étaient suffisamment larges pour qu'on puisse s'y asseoir. D'autres ne dépassaient que d'une dizaine de centimètres — juste assez pour y poser le pied un bref instant. Stanley s'arrêta environ aux deux tiers de la paroi et s'assit sur un large rebord. Zéro le rejoignit.

— Ça va ? demanda Stanley.

Zéro leva le pouce. Stanley l'imita.

Il regarda au-dessus de lui. Il ne savait pas très bien comment il allait s'y prendre pour parvenir jusqu'au prochain rebord. Il se trouvait à un peu plus d'un mètre et il n'y avait pas de prise pour arriver jusque-là. Stanley avait peur de regarder en bas.

— Fais-moi la courte échelle, dit Zéro, et moi, je te tirerai avec la pelle.

— Tu n'arriveras pas à me tirer, dit Stanley.

— Si, j'y arriverai, dit Zéro.

Stanley joignit les mains et Zéro posa le pied sur ses doigts entrelacés. Stanley parvint à soulever Zéro suffisamment haut pour qu'il s'accroche au morceau de roc qui dépassait de la paroi. Stanley continua de le pousser pour l'aider à se hisser sur le rebord.

Pendant que Zéro prenait pied là-haut, Stanley attacha le sac à la pelle en perçant un petit trou dans la toile. Puis il tendit la pelle à Zéro.

Celui-ci prit d'abord le sac, puis la pelle. Il plaça la pelle de telle sorte que la moitié de la lame repose sur le bord du rocher, le manche dirigé vers le bas, là où se trouvait Stanley.

— O.K., dit-il.

Stanley n'avait pas très confiance. Soulever Zéro qui faisait la moitié de son poids était une chose. Mais que Zéro essaie de le soulever, lui, c'était très différent…

Stanley agrippa le manche de la pelle en prenant appui sur les bords du sillon pour se hisser le long de la paroi. Ses mains empoignaient le manche en passant l'une par-dessus l'autre, comme s'il était monté à une corde.

Il sentit alors que Zéro lui saisissait le poignet.

Il lâcha le manche d'une main et se cramponna au rebord.

Rassemblant ses forces, il sembla défier pendant un instant les lois de la gravitation lorsqu'il posa le pied contre la paroi pour prendre son élan et se hisser sur le rebord avec l'aide de Zéro.

Stanley reprit son souffle. Jamais il n'aurait pu faire une chose pareille quelques mois auparavant.

Il remarqua alors une grosse tache de sang sur son poignet et mit un moment à comprendre qu'il s'agissait du sang de Zéro.

Zéro avait de profondes entailles aux mains. Il s'était cramponné à la lame de la pelle pour la maintenir en place pendant que Stanley grimpait le long du manche.

Zéro mit les mains à sa bouche et suça son sang.

L'un des bocaux s'était cassé dans le sac. Ils décidèrent de conserver les morceaux. Ils pouvaient en avoir besoin pour fabriquer un couteau ou pour autre chose.

Ils se reposèrent un peu, puis recommencèrent à grimper. Le reste de la paroi ne fut pas trop difficile à escalader.

Ils arrivèrent sur une surface plane et Stanley leva les yeux pour regarder le soleil qui ressemblait à une grosse boule flamboyante en équilibre sur le Grand Pouce. On aurait dit que Dieu faisait tourner sur son doigt un ballon de basket.

Bientôt, ils s'avancèrent dans l'ombre longue et étroite du pouce de pierre.

37

— On y est presque, dit Stanley.

Il voyait le pied de la montagne.

Et à présent qu'ils y étaient *presque,* il avait peur. Le Grand Pouce était son seul espoir. S'il n'y trouvait ni eau ni refuge, alors ils n'auraient plus rien, même pas l'espoir.

Il n'existait pas de limite précise entre l'étendue plate sur laquelle ils avaient pris pied et le début de la montagne. Le sol s'élevait peu à peu en une pente de plus en plus raide et ils se retrouvèrent en pleine ascension.

Stanley ne voyait plus le Grand Pouce. Le flanc de la montagne le cachait à ses yeux.

La pente devint trop abrupte pour qu'ils puissent continuer à marcher tout droit. Ils durent avancer en zigzag en ne s'élevant que faiblement à chaque fois qu'ils changeaient de direction.

La montagne était parsemée de touffes d'herbe. Ils allaient d'une touffe à l'autre et s'en servaient comme point d'appui. À mesure qu'ils progressaient, les herbes devenaient plus épaisses. Nombre d'entre elles avaient des épines et ils devaient faire attention quand ils y posaient le pied.

Stanley aurait bien voulu s'arrêter et se reposer,

mais il avait peur qu'ils ne puissent plus repartir. Tant que Zéro pourrait continuer, lui aussi continuerait. En plus, il savait qu'ils ne disposaient plus de beaucoup de temps avant la tombée de la nuit.

À mesure que le ciel perdait de sa clarté, des insectes apparaissaient au-dessus des touffes d'herbe. Un essaim de moucherons voletait autour d'eux, attiré par leur transpiration. Ni Stanley ni Zéro n'avaient la force d'essayer de les chasser.

— Comment ça va? demanda Stanley.

Zéro leva le pouce. Puis il dit:

— Si un moucheron se pose sur moi, il va me faire tomber.

Stanley lui donna quelques autres mots à deviner.

— E-s-s-a-i-m, épela-t-il.

Zéro se concentra.

— Essaime, dit-il.

Stanley éclata de rire.

Un large sourire s'étira également sur le visage épuisé et malade de Zéro.

— Essaim, rectifia-t-il.

— Très bien, dit Stanley. Souviens-toi, on ne pronnonce pas le «m» s'il n'y a pas de «e» après. Un plus dur, maintenant: d-é-j-e-u-n-e-r.

— Déj... Déje...

Soudain, Zéro laissa échapper un horrible cri de douleur et se plia en deux en se tenant le ventre. Son corps frêle se convulsa violemment et il vomit, vidant son estomac du sploush qu'il contenait.

Il resta à genoux et respira profondément à plusieurs reprises. Puis il se releva et reprit l'escalade.

L'essaim de moucherons était resté derrière eux, préférant le contenu de l'estomac de Zéro à la sueur qui ruisselait sur leurs visages.

Stanley ne lui épela plus aucun mot, pensant qu'il devait ménager ses forces. Mais dix minutes plus tard, Zéro dit:

– Déjeuner.

À mesure qu'ils montaient, les herbes devenaient de plus en plus touffues et ils devaient faire attention de ne pas se prendre les pieds dans des ronces hérissées d'épines. Stanley prit soudain conscience de quelque chose. Sur le lac, il n'y avait pas le moindre brin d'herbe.

– Des herbes et des insectes, dit-il. Ça veut dire qu'il y a de l'eau quelque part. On ne doit plus être très loin.

Un large sourire, semblable à celui d'un clown, s'étala sur le visage de Zéro. Il leva à nouveau le pouce, puis s'effondra.

Cette fois, il ne se releva pas. Stanley se pencha sur lui.

– Allez, Zéro, on y est presque, l'encouragea-t-il. Viens, Hector. Il y a des herbes et des mouches. Des herbes et des « essaimes » de mouches..

Stanley le secoua.

– J'ai déjà commandé ta coupe de glace, dit-il. Ils sont en train de la préparer.

Zéro ne répondit rien.

38

Stanley saisit Zéro par les bras et le redressa. Puis il se
pencha en avant et le laissa retomber sur son épaule
droite. Il se releva, soulevant le corps épuisé de Zéro.

Il abandonna le sac et la pelle et reprit l'escalade.
Les jambes de Zéro pendaient devant lui.

Stanley n'arrivait plus à voir ses propres pieds, ce
qui rendait sa progression difficile parmi les enchevê-
trements d'herbes et de ronces. Il se concentrait sur
chaque pas, levant et abaissant le pied avec précaution.
Il ne se souciait que de faire un pas de plus à chaque
fois, sans penser à l'impossible tâche qu'il lui faudrait
accomplir pour parvenir au sommet.

Il grimpait de plus en plus haut. Sa force lui venait
de quelque part, tout au fond de lui, mais elle semblait aussi provenir de l'extérieur. Après s'être concentré pendant si longtemps sur le Grand Pouce, c'était
comme si le roc avait absorbé son énergie et agissait à
présent comme une sorte d'aimant gigantesque qui
l'attirait vers lui.

Au bout d'un moment, il sentit une odeur épouvantable. Il crut d'abord qu'elle émanait de Zéro, mais
en fait, elle semblait flotter dans l'air, comme un épais
nuage qui l'enveloppait.

Il remarqua également que la pente était moins escarpée. À mesure que le sol s'aplatissait, une gigantesque paroi verticale se dressait devant lui, à peine visible à la lueur du clair de lune. La masse rocheuse semblait grandir à chaque pas qu'il faisait.

Elle ne ressemblait plus à un pouce, à présent.

Et il savait qu'il n'arriverait jamais à l'escalader.

Autour de lui, l'odeur devenait de plus en plus forte. L'odeur amère du désespoir.

Même s'il parvenait à escalader le Grand Pouce, il savait qu'il n'y trouverait pas d'eau. Comment pourrait-il y avoir de l'eau au sommet d'un roc géant? Les herbes et les insectes ne survivaient sans doute que grâce à des orages occasionnels, comme celui qu'il avait vu depuis le camp.

Il continua cependant dans cette direction. Même si cela ne servait à rien, il voulait au moins atteindre le Pouce.

Il n'y parvint pas.

Ses pieds glissèrent et se dérobèrent sous lui. La tête de Zéro rebondit contre son omoplate lorsqu'il tomba en pataugeant dans une rigole pleine de boue.

Allongé de tout son long, la tête dans la gadoue, il n'était pas sûr de pouvoir jamais se relever. Il n'était même pas sûr d'avoir envie d'essayer. Avait-il donc fait tout ce chemin simplement pour... *Il faut de l'eau pour faire de la boue!*

Il rampa le long de la rigole vers l'endroit le plus boueux. Le sol devint de plus en plus visqueux. La boue giclait autour de lui chaque fois qu'il frappait le sol.

Il creusa des deux mains un trou dans la terre molle. Il faisait trop noir pour qu'il puisse voir quoi que ce soit, mais il eut l'impression de sentir au bout de ses doigts une minuscule mare d'eau au fond de son trou. Il y plongea la tête et lécha la boue.

Il creusa plus profondément et il lui sembla qu'une plus grande quantité d'eau remplissait le trou. Il n'arrivait pas à la voir, mais il la sentait – d'abord avec ses doigts, puis avec sa langue.

Il continua de creuser jusqu'à faire un trou de la profondeur de son bras. Il y avait à présent suffisamment d'eau pour qu'il puisse la recueillir au creux de sa main et en asperger le visage de Zéro.

Les yeux de Zéro restaient fermés. Mais le bout de sa langue pointait entre ses lèvres, cherchant les gouttes d'eau.

Stanley tira Zéro plus près du trou. Il creusa, puis recueillit de l'eau dans ses mains et la laissa couler dans la bouche de Zéro.

Tandis qu'il continuait de creuser, sa main rencontra un objet rond et lisse. Trop rond et trop lisse pour que ce soit une pierre.

Il le débarrassa de sa boue et s'aperçut qu'il s'agissait d'un oignon.

Il mordit dedans sans prendre la peine de le peler. Le jus amer et puissant explosa dans sa bouche puis remonta lentement jusqu'à ses yeux. Et lorsqu'il l'avala, il sentit sa tiédeur se diffuser dans sa gorge et dans son ventre.

Il n'en mangea que la moitié. Il donna le reste à Zéro.

39

Stanley se réveilla dans une prairie, les yeux levés vers le roc gigantesque. Il était strié de couches rocheuses et de veines aux diverses nuances de rouge, d'ocre, de brun et de marron et devait avoir une hauteur de plus de trente mètres.

Stanley resta un bon moment étendu à le contempler. Il n'avait pas la force de se lever. C'était comme si l'intérieur de sa bouche et de sa gorge était recouvert de sable.

Ce qui n'avait rien d'étonnant. En se tournant sur le côté, il vit le trou d'eau. Il faisait environ soixante-quinze centimètres de profondeur et près d'un mètre de large. Tout au fond, il n'y avait guère que cinq centimètres d'une eau marron.

Ses doigts et ses mains lui faisaient mal à force d'avoir creusé, surtout sous les ongles. Il ramena un peu d'eau sale au creux de sa main et la porta à ses lèvres puis il la remua dans sa bouche en essayant de la filtrer avec ses dents.

Zéro poussa un gémissement.

Stanley commença à lui dire quelque chose, mais aucun mot ne sortit de sa bouche et il dut faire une nouvelle tentative.

— Comment ça va? parvint-il à articuler.

Parler lui faisait mal.

— Pas très bien, répondit Zéro à voix basse.

Avec un grand effort, il parvint à se tourner sur le côté, à se redresser sur les genoux et à se traîner jusqu'au trou boueux. Il y plongea la tête et lapa un peu d'eau.

Puis, d'un mouvement brusque, il se rejeta en arrière, serra ses genoux contre sa poitrine et retomba sur le côté, le corps agité de convulsions.

Stanley songea à redescendre au bas de la montagne pour aller rechercher la pelle et creuser un trou d'eau plus profond. Peut-être qu'au-dessous, l'eau serait plus propre. Ils pourraient aussi utiliser les bocaux en guise de verres.

Mais il ne pensait pas avoir la force de descendre, encore moins de remonter. En plus, il ne savait plus très bien où étaient restés la pelle et le sac.

Il parvint à se relever tant bien que mal. Il se trouvait au milieu d'un pré recouvert de fleurs d'un blanc mêlé de vert qui semblait s'étendre tout autour du Grand Pouce.

Il prit une profonde inspiration puis parcourut les cinquante mètres qui le séparaient de l'énorme roc vertical et le toucha du bout des doigts.

— Chat! C'est toi qui y es!

Puis il revint vers Zéro et le trou d'eau. Sur le chemin, il cueillit une des fleurs. En fait, il ne s'agissait pas d'une seule grande fleur. Il s'aperçut que chaque fleur était constituée d'un ensemble d'autres fleurs minuscules qui avaient la forme d'une balle. Il la porta à sa bouche, mais la recracha aussitôt.

Il voyait les traces qu'il avait laissées la veille quand il avait porté Zéro en haut de la montagne. S'il devait refaire le chemin en sens inverse pour aller chercher la pelle, il lui faudrait y aller le plus vite possible, tant que les traces étaient encore fraîches. Mais il ne voulait pas laisser Zéro tout seul. Il avait peur qu'il meure pendant qu'il serait parti.

Zéro était toujours couché en chien de fusil.

— Il faut que je te dise quelque chose, marmonna-t-il.

— Ne parle pas, répondit Stanley. Ménage tes forces.

— Non, écoute-moi, insista Zéro.

Il ferma les yeux tandis que son visage se convulsait de douleur.

— Je t'écoute, murmura Stanley.

— C'est moi qui ai pris tes chaussures, dit Zéro.

Stanley ignorait de quoi il voulait parler. Il avait ses chaussures aux pieds.

— T'inquiète pas, repose-toi, dit-il.

— Tout ça, c'est de ma faute, dit Zéro.

— C'est la faute de personne, dit Stanley.

— Je ne savais pas, dit Zéro.

— C'est pas grave, repose-toi, dit Stanley.

Zéro ferma les yeux. Puis il insista :

— Je n'étais pas au courant pour les chaussures.

— Quelles chaussures ?

— Chez les sans-abri.

Stanley mit un certain temps à comprendre.

— Tu veux dire les chaussures de Clyde Livingston ?

— Je suis désolé, dit Zéro.

Stanley le regarda. C'était impossible. Zéro était en plein délire.

La «confession» de Zéro sembla le soulager un peu. Les muscles de son visage se détendirent. Et tandis qu'il sombrait dans le sommeil, Stanley lui chanta la chanson qu'on avait chantée dans sa famille pendant des générations.

«Si seulement, si seulement», soupire le pivert
«L'écorce des arbres était un peu plus tendre»,
Tandis que le loup est là à attendre,
Affamé et solitaire,
En hurlant à la luu-uuuuu-uuuune,
«Si seulement, si seulement.»

40

Quand Stanley avait trouvé l'oignon, la nuit précédente, il ne s'était pas posé la question de savoir comment il était arrivé là. Il l'avait mangé avec reconnaissance. Mais à présent qu'il contemplait le Grand Pouce et la prairie couverte de fleurs, il ne pouvait s'empêcher d'y penser.

S'il avait trouvé un oignon sauvage, il y en avait peut-être d'autres.

Il croisa les doigts et essaya de chasser la douleur en les massant. Puis il se pencha et cueillit une autre fleur, en arrachant toute la plante, cette fois-ci, racines comprises.

– Oignons ! Oignons frais ! Oignons forts ! Oignons doux ! criait Sam tandis que Mary Lou tirait la charrette le long de la grand-rue. Huit cents la douzaine.

C'était une belle matinée de printemps. Le ciel était bleu et rose – les mêmes couleurs que le lac et les pêchers qui bordaient ses rives.

Mrs Gladys Tennison n'était vêtue que d'une chemise de nuit et d'une robe de chambre lorsqu'elle sortit dans la rue pour rattraper Sam. D'habitude, Mrs Tennyson était une femme très convenable qui ne se montrait jamais en public sans être habillée avec élégance et coiffée d'un chapeau. Aussi les passants furent-ils très surpris de la voir apparaître ainsi dans la grand-rue.

— Sam! cria-t-elle.

— Ho, Mary Lou, dit Sam en arrêtant son ânesse. Bonjour, Mrs Tennyson. Comment va la petite Becca?

Gladys Tennyson était tout sourire.

— Je crois qu'elle sera bientôt guérie. La fièvre est tombée il y a une heure environ. Grâce à vous.

— C'est plutôt grâce au bon Dieu et au Dr Hawthorn, j'en suis certain.

— Le bon Dieu, ça oui, approuva Mrs Tennyson, mais pas le Dr Hawthorn. Ce charlatan a voulu lui poser des sangsues sur le ventre! Des sangsues! Non mais vous vous rendez compte! Il a dit qu'elles allaient sucer le mauvais sang. Imaginez un peu! Comment une sangsue pourrait-elle faire la différence entre le bon et le mauvais sang?

— Moi non plus, je ne saurais pas, répondit Sam.

— C'est grâce à votre tonique à base d'oignon qu'elle va mieux, assura Mrs Tennyson. C'est ça qui l'a sauvée.

D'autres habitants de la ville s'approchèrent de la charrette.

— Bonjour, Gladys, dit Hattie Parker. Vous êtes ravissante, ce matin.

Plusieurs personnes ricanèrent.

— Bonjour, Hattie, dit Mrs Tennyson.

— Est-ce que votre mari est au courant que vous

vous exhibez dans vos vêtements de nuit? demanda
Hattie.

Il y eut d'autres ricanements.

— Mon mari sait parfaitement où je suis et
comment je suis habillée, merci pour lui, répliqua
Mrs Tennyson. Nous n'avons pas dormi de la nuit
pour veiller sur Rebecca. Elle a failli mourir de
son mal de ventre. Elle a dû manger de la viande ava-
riée.

Le visage de Hattie s'empourpra. Son mari, Jim
Parker, était le boucher de la ville.

— Mon mari et moi, on a été malades, nous aussi,
dit Mrs Tennyson. Mais Rebecca en est presque
morte parce qu'elle est beaucoup plus jeune. C'est
Sam qui lui a sauvé la vie.

— Ce n'est pas moi, dit Sam, ce sont les oignons.

— Je suis contente que Rebecca aille mieux, dit
Hattie d'un air contrit.

— Je n'arrête pas de dire à Jim qu'il devrait laver ses
couteaux, dit Mr Pike qui tenait le grand magasin.

Hattie Parker s'excusa et s'éloigna en hâte.

— Dites à Becca que dès qu'elle en aura envie,
elle pourra venir chercher des bonbons au magasin,
dit Mr Pike.

— Merci, je lui dirai.

Avant de rentrer chez elle, Mrs Tennyson acheta à
Sam une douzaine d'oignons. Elle lui donna une
pièce de dix cents et lui dit de garder la monnaie.

— Je ne demande pas l'aumône, lui dit Sam, mais si
vous voulez acheter quelques oignons à Mary Lou, je
suis sûr qu'elle sera très contente.

— Très bien, dans ce cas, rendez-moi ma monnaie en oignons.

Sam lui donna trois autres oignons qu'elle fit manger un par un à Mary Lou. Elle riait en regardant la vieille ânesse manger dans sa main.

Au cours des deux jours qui suivirent, Stanley et Zéro dormirent de temps à autre, mangèrent des oignons à profusion et se remplirent la bouche d'eau sale. Vers la fin de l'après-midi, le Grand Pouce les abritait de son ombre. Stanley avait essayé de creuser plus profondément le trou d'eau, mais il avait vraiment besoin de la pelle. Ses efforts ne faisaient que remuer la boue et rendre l'eau encore plus sale.

Zéro dormait. Il était toujours très malade et très faible, mais le sommeil et les oignons semblaient lui faire du bien. Stanley n'avait plus peur de le voir mourir bientôt. Mais il ne voulait toujours pas aller chercher la pelle pendant que Zéro dormait. Il ne voulait pas qu'il se réveille en pensant qu'il l'avait abandonné.

Il attendit que Zéro ouvre les yeux.

— Je vais essayer de retrouver la pelle, dit Stanley.

— Je t'attends ici, répondit Zéro d'une voix faible, comme s'il avait pu faire autrement.

Stanley entreprit de descendre la montagne. Le sommeil et les oignons lui avaient fait beaucoup de bien, à lui aussi. Il se sentait plein de forces.

Il était assez facile de suivre les traces qu'il avait laissées deux jours auparavant. Parfois, il n'était pas sûr d'avoir pris la bonne direction, mais il lui suffisait de chercher un peu pour retrouver sa propre piste.

Il parcourut une bonne distance vers le pied de la montagne, mais il ne trouva pas la pelle. Il regarda derrière lui, vers le sommet. Il avait dû passer devant sans la voir, pensa-t-il. Il était impossible qu'il ait pu porter Zéro sur une aussi longue distance.

Il poursuivit quand même son chemin, au cas où. Il arriva sur un sol nu, entre deux grosses touffes d'herbe, et s'assit pour se reposer un peu. Il était sûr à présent d'être allé beaucoup trop loin. Il était fatigué alors qu'il n'avait fait que descendre la montagne. Il lui aurait été impossible de porter Zéro sur une telle distance en montant, surtout après avoir marché une journée entière sans manger et sans boire. La pelle devait être cachée quelque part dans les herbes.

Avant de rebrousser chemin, il regarda une dernière fois tout autour de lui. Il vit alors des herbes couchées un peu plus loin, vers le bas de la montagne. Il était peu probable que la pelle soit là, mais puisqu'il était descendu jusqu'ici, autant jeter un coup d'œil.

Posés par terre, parmi les herbes hautes, il trouva la pelle et le sac de bocaux vides. Stupéfait, il se demanda si la pelle et le sac avaient pu rouler le long de la pente. Mais les bocaux étaient intacts, à part celui qui avait déjà été cassé. D'ailleurs, s'ils avaient roulé jusqu'ici, il était peu probable qu'il ait retrouvé la pelle et le sac côte à côte.

En remontant le flanc de la montagne, Stanley dut s'arrêter plusieurs fois pour s'asseoir et se reposer. C'était une longue et difficile escalade.

41

L'état de santé de Zéro continuait de s'améliorer.

Stanley éplucha lentement un oignon. Il aimait bien les manger en enlevant les couches une par une.

Le trou d'eau était à présent presque aussi grand que les trous qu'il avait creusés au Camp du Lac vert. Il contenait plus de cinquante centimètres d'eau boueuse. Stanley l'avait entièrement creusé lui-même. Zéro lui avait proposé de l'aider, mais Stanley préférait qu'il économise ses forces. Il était beaucoup plus difficile de creuser dans l'eau que dans un sol sec.

Stanley était étonné de n'avoir pas lui-même été malade — à cause du sploush, de l'eau sale ou des oignons. Chez lui, il était souvent malade.

Tous deux étaient pieds nus. Ils avaient enlevé leurs chaussettes pour les laver. Tous leurs vêtements étaient sales, mais les chaussettes, c'était ce qu'il y avait de pire.

Ils ne les plongèrent pas dans le trou, de peur de contaminer l'eau. Ils mirent de l'eau dans les bocaux et la versèrent sur les chaussettes sales.

— Je n'y allais pas souvent, au refuge des sans-abri, dit Zéro. Seulement quand le temps était vraiment moche. Il fallait que je trouve quelqu'un qui fasse semblant d'être ma mère. Si j'y étais allé tout seul, ils m'auraient posé tout un tas de questions et s'ils s'étaient aperçus que je n'avais pas de mère, je serais devenu pupille de l'État.

— C'est quoi, ça, pupille de l'État?

Zéro sourit.

— Je sais pas. Mais le mot me plaisait pas beaucoup.

Stanley se rappela que Mr Pendanski avait dit au Directeur que Zéro était pupille de l'État du Texas. Il se demanda si Zéro savait qu'il l'était quand même devenu.

— J'aimais bien dormir dehors, dit Zéro. Je faisais semblant d'être un louveteau. J'ai toujours voulu être un louveteau. Je les voyais parfois dans le parc avec leurs uniformes bleus.

— Moi, j'ai jamais été louveteau, dit Stanley. J'aimais pas tous ces trucs de groupe. Les autres se moquaient toujours de moi parce que j'étais gros.

— Moi, j'aimais bien les uniformes bleus, dit Zéro. Mais peut-être que ça m'aurait pas plu d'être louveteau.

Stanley haussa une épaule.

— Ma mère a été Girl Scout, dit Zéro.

— Tu m'as dit que t'avais pas de mère.

— Tout le monde a une mère, bien obligé.

— Ouais, je sais.

— Elle m'a raconté qu'un jour elle avait eu un prix parce que c'était elle qui avait vendu le plus de cookies au profit des Girl Scouts, dit Zéro. Elle en était très fière.

Stanley enleva une nouvelle couche à son oignon.

— On prenait toujours ce qu'il nous fallait, dit

Zéro. Quand j'étais petit, je savais même pas que c'était du *vol*. Je me souviens plus très bien à quel moment je m'en suis aperçu. Mais on prenait seulement ce qu'il nous fallait, rien de plus. Alors, quand j'ai vu les chaussures exposées dans le refuge, j'ai simplement mis la main dans la vitrine et je les ai prises.

— Les chaussures de Clyde Livingston? demanda Stanley.

— Je savais pas que c'étaient les siennes. Je croyais que c'étaient les vieilles chaussures de quelqu'un. J'ai pensé que c'était mieux de prendre des vieilles chaussures que d'en voler une paire de neuves. Je pouvais pas savoir qu'elles étaient célèbres. Il y avait un écriteau, mais j'étais incapable de le lire, bien sûr. Là-dessus, ils ont fait toute une histoire parce que les chaussures avaient disparu. C'était plutôt drôle, dans un sens. Ils sont tous devenus fous. Moi, j'étais là, les chaussures aux pieds, et tous les autres couraient partout en disant: «Où sont passées les chaussures?», «Les chaussures ont disparu!» Alors, je suis simplement sorti par la porte. Personne n'a fait attention à moi. Quand je me suis retrouvé dehors, je me suis mis à courir jusqu'au coin de la rue et j'ai tout de suite enlevé les chaussures. Je les ai posées sur le toit d'une voiture qui était rangée là. Je me souviens qu'elles sentaient vraiment mauvais.

— Oui, c'étaient bien celles-là, dit Stanley. Elles t'allaient bien?

— Oui, pas mal.

Stanley se souvenait qu'il avait été étonné de voir que Clyde Livingston avait une pointure aussi petite.

Les chaussures de Stanley étaient plus grandes. Clyde Livingston avait de petits pieds très rapides. Ceux de Stanley étaient grands et lents.

— J'aurais dû les garder, dit Zéro. J'avais déjà réussi à sortir du refuge et tout allait bien. Je me suis fait arrêter le lendemain quand j'ai essayé de sortir d'un magasin avec des baskets neuves. Si j'avais gardé les vieilles baskets puantes, on serait pas ici, toi et moi.

42

Zéro reprit suffisamment de forces pour aider à creuser. Quand il eut terminé, le trou avait près de deux mètres de profondeur. Il le remplit de cailloux pour séparer plus facilement la boue de l'eau.

Il était toujours le meilleur pour creuser les trous.

— C'est le dernier trou que je creuserai, déclara-t-il en jetant la pelle.

Stanley sourit. Il aurait bien aimé que ce soit vrai, mais il savait qu'ils n'avaient pas d'autre choix que de retourner un jour ou l'autre au Camp du Lac vert. Ils ne pouvaient pas passer leur vie à manger des oignons.

Ils avaient fait tout le tour du Grand Pouce. C'était comme un cadran solaire géant. Ils suivaient son ombre.

Ils pouvaient voir l'horizon dans toutes les directions. Il n'y avait nulle part où aller. La montagne était entourée d'un vaste désert.

Zéro contempla le Grand Pouce.

— Il doit y avoir un trou là-dedans, dit-il. Un trou plein d'eau.

— Tu crois?

— Sinon, d'où viendrait l'eau, à ton avis? L'eau ne peut pas remonter la pente.

Stanley mordit dans un oignon. Il ne lui piqua ni le nez ni les yeux. En fait, les oignons ne lui semblaient plus trop forts.

Il se souvint du soir où il avait porté Zéro en haut de la montagne. Il avait senti une odeur amère. L'odeur de milliers d'oignons qui poussaient, pourrissaient, germaient.

Maintenant, il ne sentait plus rien.

— À ton avis, on a mangé combien d'oignons? demanda-t-il.

Zéro haussa les épaules.

— Je sais même pas depuis combien de temps on est là.

— Je dirais une semaine, répondit Stanley. Et on mange chacun une vingtaine d'oignons par jour, ce qui fait…

— Deux cent quatre-vingts oignons, dit Zéro.

Stanley sourit.

— Qu'est-ce qu'on doit puer! dit-il.

Deux jours plus tard, Stanley, allongé par terre, regardait le ciel rempli d'étoiles. Il était trop heureux pour dormir.

Il savait qu'il n'avait aucune raison d'être particulièrement heureux. Il avait lu ou entendu quelque part que, juste avant de mourir de froid, on ressent une impression de bien-être et de chaleur. Il se demanda s'il était en train de vivre quelque chose de semblable.

Il lui vint à l'esprit qu'il était incapable de se souvenir de la dernière fois où il s'était senti heureux. Ce n'était pas seulement le fait d'avoir été envoyé au

Camp du Lac vert qui lui avait gâché la vie. Avant cela, il avait été malheureux à l'école, où il n'avait jamais eu d'amis et où des brutes dans le genre de Derrick Dunne n'avaient cessé de s'en prendre à lui. Personne ne l'avait jamais aimé et, à la vérité, il ne s'était pas beaucoup aimé lui-même.

Mais maintenant, il s'aimait bien.

Il se demanda s'il n'était pas en train de délirer.

Il regarda Zéro qui dormait à côté de lui. Son visage était éclairé par les étoiles et il avait sous le nez un pétale de fleur qui se relevait et s'abaissait au rythme de sa respiration. Stanley avait l'impression de voir une scène de dessin animé. Quand Zéro inspirait, le pétale s'abaissait en lui touchant presque le nez. Quand il expirait, le pétale se relevait en direction de son menton. Stanley fut étonné de voir le pétale rester si longtemps sur le visage de Zéro avant de voleter un peu plus loin.

Stanley songea à le reposer sous le nez de Zéro, mais ce ne serait plus la même chose.

On aurait pu penser que Zéro avait passé sa vie au Camp du Lac vert, mais en y réfléchissant, Stanley réalisa qu'il n'avait dû y arriver qu'un mois ou deux avant lui. En fait, Zéro avait été arrêté un jour après lui, mais le procès de Stanley avait été sans cesse reporté à cause du calendrier de la saison de base-ball.

Il se souvint de ce que Zéro lui avait dit quelques jours auparavant. Si Zéro avait gardé les chaussures, ni l'un ni l'autre ne se trouveraient ici en ce moment.

Tandis qu'il regardait le ciel scintiller, Stanley pensa qu'il n'aurait pas eu envie d'être ailleurs en cet instant.

Il était content que Zéro ait posé les chaussures sur le toit de la voiture. Et il était content qu'elles lui soient tombées sur la tête au moment où la voiture roulait sur la passerelle.

Lorsque les chaussures étaient tombées du ciel, il avait d'abord pensé que c'était un signe du destin. Il pensait la même chose à présent. C'était plus qu'une coïncidence. Ce ne pouvait être que le destin.

Peut-être ne seraient ils pas obligés de retourner au Camp du Lac vert, se dit-il. Peut-être parviendraient-ils à passer devant le camp sans être vus puis à suivre le chemin de terre qui les ramènerait vers la civilisation. Ils pourraient remplir le sac d'oignons et les trois bocaux d'eau. Il avait aussi son bidon.

Ils pourraient refaire leur provision d'eau au camp. Et peut-être même se faufiler dans la cuisine pour y voler de quoi manger.

Il ne pensait pas que les conseillers d'éducation avaient maintenu leurs tours de garde. Tout le monde devait penser qu'ils étaient morts. Et qu'ils servaient de nourriture aux busards.

Sans doute devrait-il passer le reste de son existence à vivre comme un fugitif. La police le rechercherait sans cesse. Mais au moins, il pourrait appeler ses parents et leur dire qu'il était toujours vivant. Il lui serait impossible d'aller les voir, cependant, de peur que la police surveille l'immeuble. Mais si tout le monde le croyait mort, ils ne prendraient pas la peine de surveiller quoi que ce soit. En tout cas, il lui faudrait se débrouiller pour prendre une nouvelle identité.

Maintenant, je commence vraiment à devenir fou, pensa-t-il. Puis il se demanda si les fous pensaient qu'ils étaient fous.

Mais pendant qu'il se faisait ces réflexions, une idée encore plus folle jaillit dans sa tête. Une idée beaucoup trop folle pour prendre la peine d'y songer. Mais quand même, s'il devait mener à tout jamais une existence de fugitif, il lui serait utile d'avoir de quoi vivre, par exemple un coffre au trésor plein d'argent.

Tu es vraiment cinglé ! se dit-il. En plus, ce n'était pas parce qu'il avait trouvé un tube de rouge à lèvres portant les initiales K.B. qu'il y avait pour autant un trésor enterré à proximité.

C'était vraiment fou. Cela venait sans doute de ce sentiment insensé de bonheur qu'il éprouvait. Ou alors, c'était peut-être le destin.

Il tendit la main et secoua le bras de Zéro.

— Hé, Zéro, murmura-t-il.

— Hein ? marmonna Zéro.

— Zéro, réveille-toi.

— Quoi ?

Zéro leva la tête.

— Qu'est-ce qu'il y a ?

— Ça te dirait de creuser un autre trou ? lui demanda Stanley.

43

— On n'a pas toujours été à la rue, dit Zéro. Je me souviens d'une chambre jaune.

— Tu avais quel âge quand tu as... commença Stanley.

Mais il ne trouvait pas les mots qui convenaient.

— ... quand tu as déménagé? acheva-t-il.

— J'en sais rien, je devais être tout petit, je ne me souviens pas de grand-chose. Je ne me souviens pas d'avoir déménagé. Je me rappelle seulement que j'étais debout dans un berceau et que ma mère me chantait quelque chose. Elle me tenait les poignets et frappait mes mains l'une contre l'autre. Elle me chantait toujours cette chanson. Celle que tu as chantée... Mais c'était un peu différent...

Zéro parlait lentement, comme s'il cherchait dans sa mémoire des souvenirs ou des indices.

— Après, je me souviens qu'on a vécu dans la rue, mais je ne sais pas pourquoi on a quitté la maison. Je suis presque sûr que c'était une maison, pas un appartement. Et je sais que ma chambre était jaune.

C'était la fin de l'après-midi. Ils se reposaient à l'ombre du Pouce. Ils avaient passé la matinée à cueillir des oignons et à les mettre dans le sac. Il ne leur avait pas fallu longtemps pour le faire, mais assez quand même pour être obligés de remettre leur départ au lendemain.

Ils voulaient partir dès la première lueur de l'aube pour avoir largement le temps d'atteindre le Camp du Lac vert avant la tombée du jour. Stanley voulait être sûr de retrouver le bon trou. Ensuite, ils se cacheraient à proximité jusqu'à ce que tout le monde aille se coucher.

Ils creuseraient aussi longtemps qu'ils le pourraient sans prendre le risque de se faire repérer, et pas une seconde de plus. Ensuite, trésor ou pas trésor, ils s'en iraient sur le chemin de terre. Et s'ils étaient sûrs de pouvoir le faire sans danger d'être surpris, ils essaieraient de voler un peu d'eau et de nourriture dans la cuisine du camp.

— Je suis très bon pour entrer et sortir en douce, avait dit Zéro.

— Souviens-toi, l'avait prévenu Stanley. La porte de la salle de destruction grince.

À présent, il était allongé sur le dos, essayant d'économiser ses forces pour les longues journées qui les attendaient. Il se demanda ce qui était arrivé aux parents de Zéro, mais il ne posa pas de questions. Zéro n'aimait pas répondre aux questions. Il valait mieux le laisser parler quand il en avait envie.

Stanley pensa à ses propres parents. Dans la dernière lettre qu'elle lui avait envoyée, sa mère craignait qu'ils soient expulsés de leur appartement à cause de l'odeur de baskets brûlées. Eux aussi auraient pu facilement devenir des sans-abri.

Il se demanda à nouveau si on les avait avertis qu'il s'était évadé du camp. Leur avait-on dit qu'il était mort?

L'image de ses parents qui s'étreignaient en pleurant lui vint à l'esprit. Il essaya de ne pas y penser.

Il s'efforça plutôt de retrouver les sentiments qu'il avait éprouvés la nuit précédente – cette inexplicable impression de bonheur, cette perception du destin. Mais il n'arrivait pas à les faire revenir en lui.

Il avait peur, rien d'autre.

Le lendemain matin, ils redescendirent le flanc de la montagne. Chacun avait trempé sa casquette dans le trou d'eau avant de la mettre sur sa tête. Zéro portait la pelle et Stanley le sac rempli à craquer d'oignons et des trois bocaux pleins d'eau. Ils avaient laissé sur la montagne les morceaux de verre du bocal cassé.

– C'est ici que j'ai retrouvé la pelle, dit Stanley en montrant les herbes.

Zéro se retourna et regarda le sommet de la montagne.

– Ça fait un long chemin.

– Tu étais léger, dit Stanley. Tu avais déjà vomi tout ce que tu avais dans l'estomac.

Il changea le sac d'épaule. Il était lourd. Il marcha alors sur une pierre instable, perdit l'équilibre et fit une chute brutale qui l'envoya glisser le long de la pente escarpée. Il lâcha le sac et des oignons se répandirent autour de lui.

Il glissa ainsi jusqu'à une surface herbeuse et

s'accrocha à des ronces. Les ronces cédèrent sous son poids mais elles ralentirent sa chute et il réussit enfin à s'arrêter.

— Ça va? Tu t'es pas fait mal? demanda Zéro, au-dessus de lui.

Stanley poussa un grognement en enlevant une épine plantée dans la paume de sa main.

— Non, dit-il.

Il ne s'était pas fait mal. En revanche, il était inquiet pour les bocaux qui contenaient leur réserve d'eau.

Zéro descendit derrière lui et récupéra le sac au passage. Stanley enleva des épines qui s'étaient prises dans son pantalon.

Les bocaux n'étaient pas cassés. Les oignons les avaient protégés, comme du polystyrène dans un emballage en carton.

— Je suis content que t'aies pas fait la même chose quand c'était moi que tu portais, dit Zéro.

Ils avaient perdu environ un tiers des oignons, mais ils en retrouvèrent beaucoup à mesure qu'ils poursuivaient leur descente. Lorsqu'ils atteignirent le pied de la montagne, le soleil se levait au-dessus du lac. Ils avancèrent dans cette direction.

Bientôt, ils se retrouvèrent au bord d'une paroi verticale qui donnait sur le lit asséché du lac. Stanley n'en était pas vraiment sûr, mais il lui sembla apercevoir la *Mary Lou* au loin.

— Tu as soif? demanda Stanley.

— Non, dit Zéro. Et toi?

— Non, mentit Stanley.

Il ne voulait pas être le premier à boire. Bien qu'ils n'en aient jamais parlé, c'était devenu une sorte de défi entre eux.

Ils regagnèrent le fond de la poêle à frire, à un autre endroit que celui d'où ils avaient entrepris leur escalade. Ils descendirent de rebord en rebord, se laissant parfois glisser le long de la paroi, attentifs à ne pas casser les bocaux.

Stanley ne voyait plus la *Mary Lou*, mais il prit ce qu'il croyait être la bonne direction. À mesure que le soleil se levait, l'habituelle brume de chaleur et de poussière se formait.

— Tu as soif? demanda Zéro.

— Non, dit Stanley.

— C'est parce que, comme tu portes trois bocaux pleins d'eau, je me dis que ça doit devenir un peu lourd. Si tu en bois un peu, ce sera plus léger.

— Je n'ai pas soif, dit Stanley, mais si tu veux boire, je t'en donne.

— Je n'ai pas soif, dit Zéro. Je m'inquiétais pour toi, c'est tout.

Stanley sourit.

— Je suis un vrai dromadaire, dit-il.

Ils marchèrent pendant ce qui leur parut un très long moment, mais ils ne voyaient toujours pas la *Mary Lou*. Stanley était sûr qu'ils avaient pris la bonne direction. Il se souvint que, lorsqu'ils avaient quitté le bateau, ils s'étaient dirigés vers le soleil couchant. À présent, ils se dirigeaient vers le soleil levant. Il savait que le soleil ne se couchait pas exactement à l'ouest ni ne se levait exactement à l'est — c'était plutôt le sud-est et le sud-ouest —, mais il ne savait pas si la différence était importante.

Stanley avait l'impression que sa gorge était en papier de verre.

— Tu es sûr que tu n'as pas soif? demanda-t-il.

— Moi, non, répondit Zéro.

Sa voix était sèche et rauque.

Lorsqu'ils consentirent enfin à boire, ils s'arrangèrent pour le faire en même temps. Zéro, qui portait à présent le sac, le posa, y prit deux bocaux et en donna un à Stanley. Ils décidèrent de garder le bidon en dernier, puisqu'il était incassable.

— Tu sais, je n'ai pas soif, dit Stanley en dévissant le couvercle. Je bois pour que tu boives aussi.

— C'est moi qui bois pour que tu boives aussi, dit Zéro.

Ils trinquèrent avec les bocaux puis, chacun observant l'autre, ils firent couler l'eau dans leurs gosiers d'entêtés.

Zéro fut le premier à repérer la *Mary Lou* à environ cinq cents mètres de là, vers la droite. Ils avancèrent dans cette direction.

Il n'était pas encore midi lorsqu'ils atteignirent le bateau. Ils s'assirent à l'ombre de la coque et se reposèrent.

— Je sais pas ce qui est arrivé à ma mère, dit Zéro. Elle est partie et elle n'est jamais revenue.

Stanley pela un oignon.

— Elle pouvait pas m'emmener partout, dit Zéro.

Par moments, il fallait bien qu'elle fasse des choses toute seule.

Stanley avait l'impression que Zéro se donnait des explications à lui-même.

— Parfois, elle me disait de l'attendre dans certains endroits. Quand j'étais vraiment petit, je devais l'attendre dans des endroits où il n'y avait pas beaucoup de place, sur les marches d'un perron, par exemple, ou dans un coin de porte. Elle me disait: «Ne bouge pas d'ici jusqu'à ce que je revienne.» J'aimais pas ça du tout quand elle s'en allait. J'avais une peluche, une girafe, et je la serrais contre moi pendant tout le temps qu'elle était partie. Quand j'ai grandi, j'ai eu le droit de l'attendre dans des endroits plus grands. C'était devenu: «Ne quitte pas ce pâté de maisons» ou «Reste dans le parc.» Mais même à ce moment-là, j'avais toujours Jaffy.

Stanley devina que Jaffy devait être le nom de la girafe en peluche.

— Et puis, un jour, elle n'est pas revenue, dit Zéro.

Sa voix semblait soudain caverneuse.

— Je l'ai attendue à Laney Park.

— Laney Park, je connais, j'y suis allé, dit Stanley.

— Tu connais le terrain de jeu? demanda Zéro.

— Oh, oui, j'y ai joué.

— J'ai attendu là pendant plus d'un mois, dit Zéro. Tu sais, ce tunnel où il faut ramper, entre le toboggan et le pont de corde? C'est là que je dormais.

Ils mangèrent quatre oignons chacun et burent la moitié d'un bocal d'eau. Stanley se releva et regarda autour de lui. Tout semblait exactement pareil dans toutes les directions.

— Quand j'ai quitté le camp, je me suis dirigé droit sur le Grand Pouce, dit-il. J'ai vu le bateau sur ma droite. Ça veut dire qu'on doit aller un peu à gauche.

Zéro était perdu dans ses pensées.

— Quoi? Oui, d'accord, dit-il.

Ils se remirent en chemin. C'était au tour de Stanley de porter le sac.

— Des mômes ont fait une fête d'anniversaire, dit Zéro. Ça devait être à peu près deux semaines après le départ de ma mère. Il y avait une table de pique-nique près du terrain de jeu et on y avait accroché des ballons rouges. Les mômes avaient le même âge que moi. Une fille m'a dit bonjour et m'a demandé si je voulais jouer avec elle. J'aurais bien voulu, mais je l'ai pas fait. Je savais bien que je faisais pas partie de la fête, même si le terrain de jeu était à tout le monde. Il y avait une des mères qui me regardait sans arrêt comme si j'avais été une espèce de monstre. Un peu plus tard, un garçon m'a demandé si je voulais un morceau de gâteau, mais la bonne femme qui me regardait m'a dit: «Va-t'en» et elle a dit aux autres mômes de ne pas m'approcher, ce qui fait que j'ai jamais eu le morceau de gâteau. Et je suis parti tellement vite que j'ai oublié Jaffy.

— Tu l'as jamais retrouvé?

Zéro resta silencieux un moment. Puis il dit:

— Il n'existait pas vraiment.

Stanley pensa à nouveau à ses propres parents. Ce serait terrible pour eux de ne jamais savoir s'il était mort ou vivant. C'était ce que Zéro avait dû ressentir, en ne sachant pas ce qui était arrivé à sa mère. Il se demanda pourquoi Zéro ne parlait jamais de son père.

– Hé, attends, dit Zéro. On a pris le mauvais chemin.

– Non, non, c'est bien par là, dit Stanley.

– Tu marchais vers le Gros Pouce quand tu as vu le bateau sur ta droite, dit Zéro. Ça veut dire qu'on aurait dû prendre à droite quand on est parti du bateau.

– T'es sûr ?

Zéro fit un dessin par terre.

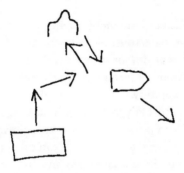

Stanley n'était pas très convaincu.

– Il faut qu'on aille par là, dit Zéro en traçant une flèche sur le sol et en prenant lui-même cette direction.

Stanley le suivit. Il avait l'impression que ce n'était pas le bon chemin, mais Zéro paraissait très sûr de lui.

Vers le milieu de l'après-midi, un nuage traversa le ciel et cacha le soleil. Ce fut un moment de répit particulièrement bienvenu. Une fois de plus, Stanley sentit que le destin était de son côté.

Soudain, Zéro s'arrêta et tendit le bras pour arrêter également Stanley.

– Écoute, murmura Zéro.

Stanley n'entendait rien. Ou peut-être que si.

Ils continuèrent d'avancer en silence. Stanley entendait de faibles bruits en provenance du Camp du Lac vert. Ils étaient toujours trop loin pour voir le camp, mais il percevait un mélange de voix indistinctes. À mesure qu'ils approchaient, il reconnaissait par moments les aboiements caractéristiques de Mr Monsieur.

Ils marchaient lentement, silencieusement. Les sons se propagent dans toutes les directions.

Ils arrivèrent devant un ensemble de trous.

– Attendons ici jusqu'à ce qu'ils rentrent, dit Zéro.

Stanley approuva d'un signe de tête. Il vérifia qu'aucun animal n'y habitait puis descendit dans un des trous. Zéro descendit dans le trou voisin.

Même après s'être trompés de direction pendant un bon moment, ils n'avaient pas mis autant de temps que Stanley l'avait prévu. Maintenant, ils n'avaient plus qu'à attendre.

Le soleil transperça le nuage et Stanley sentit ses rayons lui tomber dessus. Mais bientôt, d'autres nuages remplirent le ciel, projetant leur ombre sur Stanley et son trou.

Il attendit jusqu'à ce qu'il soit sûr que le dernier pensionnaire du camp avait fini sa journée.

Puis il attendit encore un peu.

Dans le plus grand silence, Zéro et lui sortirent alors de leurs trous et s'avancèrent vers le camp. Stanley tenait le sac devant lui, au creux de ses bras, et non plus sur l'épaule, afin d'éviter que les bocaux s'entrechoquent.

Une vague de terreur le submergea lorsqu'il vit le baraquement — les tentes, la salle de destruction, la cabane du Directeur sous les deux chênes. La peur lui donna le tournis. Il respira profondément, rassembla tout son courage et poursuivit son chemin.

— C'est celui-là, murmura-t-il en montrant le trou où il avait découvert le tube doré.

Il se trouvait à une bonne cinquantaine de mètres, mais Stanley était certain qu'il s'agissait bien du même trou. Inutile de prendre le risque d'en approcher pour le moment.

Ils s'installèrent au fond de deux autres trous et attendirent que le camp s'endorme.

44

Stanley essaya de dormir. Il ne savait pas quand il en aurait à nouveau l'occasion. Il entendit les douches, puis, un peu plus tard, les bruits du dîner. Il entendit ensuite le grincement de la porte de la salle de destruction. Ses doigts pianotèrent contre le bord du trou. Il entendait aussi les battements de son cœur.

Il but un peu d'eau de son bidon. Il avait donné les bocaux à Zéro et chacun avait également une bonne provision d'oignons.

Il ne savait pas très bien combien de temps il était resté dans le trou, peut-être cinq heures. Il fut surpris lorsqu'il entendit Zéro lui murmurer qu'il était temps de se réveiller. Il n'avait pas l'impression de s'être endormi. Si c'était le cas, ce n'était sans doute pas depuis plus de cinq minutes, pensa-t-il. Pourtant, quand il ouvrit les yeux, il fut étonné de constater qu'il faisait nuit noire.

Il n'y avait qu'une seule lumière allumée dans tout le camp, à l'intérieur du bureau. Le ciel nuageux masquait la clarté des étoiles. Stanley aperçut un morceau de lune qui apparaissait et disparaissait derrière les nuages.

Avec précaution, il mena Zéro jusqu'au trou qu'il eut du mal à trouver dans l'obscurité. Il trébucha contre un petit tas de terre.

— Je crois que c'est celui-ci, murmura-t-il.

— Tu crois? demanda Zéro.

— Oui, c'est bien ça, dit Stanley qui semblait plus sûr de lui qu'il ne l'était en réalité.

Il descendit dans le trou. Zéro lui tendit la pelle.

Stanley la planta dans la terre, au fond du trou, et la poussa du pied. Il la sentit s'enfoncer sous son poids. Il enleva un peu de terre qu'il jeta sur le bord. Puis il enfonça à nouveau la pelle.

Zéro le regarda faire pendant un moment.

— Je vais essayer d'aller remplir les bocaux, dit-il.

Stanley prit une profonde inspiration et souffla.

— Fais attention, dit-il.

Puis il continua à creuser.

Il faisait si noir qu'il n'arrivait même pas à distinguer le bout de la pelle. Au lieu de terre, il aurait aussi bien pu ramasser de l'or et des diamants sans s'en rendre compte. Il approchait chaque pelletée de son visage pour essayer de voir si elle contenait quelque chose d'intéressant, avant de rejeter la terre hors du trou.

À mesure qu'il creusait, il devenait de plus en plus difficile de soulever et de rejeter les pelletées de terre. Le trou faisait déjà un mètre cinquante de profondeur avant même qu'il ait commencé. Aussi décida-t-il plutôt de consacrer ses efforts à l'élargir.

C'était plus rationnel, se dit-il. Si Kate Barlow avait véritablement enfoui un coffre au trésor, elle n'aurait sans doute pas été capable de creuser beaucoup plus profondément, alors pourquoi lui le ferait-il?

Bien sûr, Kate Barlow devait avoir toute une bande de voleurs pour l'aider.

— Tu veux un petit déjeuner?

Stanley sursauta en entendant la voix de Zéro. Il ne l'avait pas entendu arriver.

Zéro lui tendit une boîte de céréales. Avec précaution, Stanley en versa un peu dans sa bouche. Il ne voulait pas plonger ses mains sales dans la boîte. Il faillit étouffer en sentant sur sa langue le goût ultra-sucré des céréales. Elles étaient enrobées de sucre et, après n'avoir mangé que des oignons pendant plus d'une semaine, il eut du mal à s'adapter à ce genre de saveur. Il les fit passer avec une gorgée d'eau.

Zéro prit la pelle pour le relayer. Stanley passa les doigts dans les tas de terre, au cas où quelque chose lui aurait échappé. Il aurait bien aimé avoir une torche. Un diamant de la taille d'un petit caillou vaudrait déjà des milliers de dollars. Mais il n'aurait jamais pu le voir sans lumière.

Ils burent toute l'eau que Zéro était allé chercher au robinet des douches. Stanley voulut aller remplir les bocaux à son tour, mais Zéro insista pour le faire lui-même.

— Je voudrais pas te vexer, mais tu fais trop de bruit quand tu marches. Tu es trop grand.

Stanley recommença à creuser. À mesure que le trou s'élargissait, quelques tas de terre s'effritaient et se répandaient à l'intérieur. Ils n'avaient plus beaucoup de place. Pour l'élargir davantage, ils devraient d'abord repousser les monticules de terre qui l'entouraient. Stanley se demanda combien de temps il leur restait avant que le camp ne se réveille.

— Comment ça se passe? demanda Zéro lorsqu'il revint avec l'eau.

Stanley haussa une épaule. Il enfonça la pelle d'un côté du trou, détachant un morceau de la paroi de terre. Il sentit alors la pelle rebondir sur quelque chose de dur.

— Qu'est-ce que c'est que ça? demanda Zéro.

Stanley ne le savait pas. Il remua la pelle de haut en bas. Tandis que la terre se détachait, l'objet dur devenait de plus en plus présent.

Il dépassait de la paroi, à environ cinquante centimètres du fond du trou. Stanley le tâta du bout des doigts.

— Qu'est-ce que c'est? répéta Zéro.

Stanley sentait un coin de l'objet. Le reste était encore pris sous la terre. Sa surface était lisse et froide comme du métal.

— J'ai peut-être bien trouvé le coffre au trésor, dit-il.

Le ton de sa voix était davantage celui de l'étonnement que de l'excitation.

— Vraiment? dit Zéro.

Le trou était suffisamment large pour que Stanley puisse tenir la pelle dans le sens de la largeur en creusant de côté dans la paroi de terre. Il lui fallait procéder avec précaution, sinon le bord du trou se serait effondré, entraînant dans sa chute le gros tas de terre qui se trouvait juste au-dessus.

Il gratta la terre jusqu'à ce qu'il parvienne à dégager tout un côté de l'objet en forme de boîte. Il passa ses doigts à la surface. La boîte avait une vingtaine de centimètres de hauteur et plus de cinquante centimètres de largeur. Il lui était impossible de savoir sur quelle longueur elle s'enfonçait dans la terre. Il essaya de la tirer vers lui, mais elle refusa de bouger.

Il avait peur que le seul moyen de la dégager consiste à élargir le trou en recommençant à creuser à la surface. Ils n'en avaient pas le temps.

— Je vais essayer de creuser en dessous, dit Stanley. Peut-être que j'arriverai à la faire glisser vers le bas.

— Vas-y, dit Zéro.

Stanley planta sa pelle au bas de la paroi et commença à creuser avec précaution un tunnel sous la boîte de métal. Il espérait que le bord du trou ne s'effondrerait pas.

Parfois, il s'arrêtait de creuser, se penchait et passait la main sous la boîte pour essayer de voir jusqu'où elle allait. Mais même lorsque le tunnel fut aussi long que son bras, il ne parvint toujours pas à en trouver le bout.

Une fois encore, il essaya de la tirer vers lui, mais elle était solidement enfoncée dans la terre. S'il tirait trop fort, il craignait de provoquer un éboulement. Il savait que quand elle serait en état d'être dégagée, il devrait l'arracher très vite avant que la terre qui la recouvrait ne s'effondre.

Lorsque son tunnel devint plus large et plus profond — et aussi plus précaire —, Stanley sentit sous ses doigts une fermeture sur un côté de la boîte, puis une poignée de cuir. Ce n'était pas vraiment une boîte.

— On dirait une sorte de valise en métal, dit-il à Zéro.

— Tu ne peux pas la dégager en faisant levier avec la pelle ? suggéra Zéro.

— J'ai peur que tout s'effondre.

— Tu pourrais quand même essayer, dit Zéro.

Stanley but une gorgée d'eau.

— Peut-être bien, dit-il.

Il glissa le bout de la pelle entre la terre et le dessus de la valise en métal, puis il essaya de la dégager. Il aurait bien aimé voir ce qu'il faisait.

Il remua l'extrémité de la pelle d'avant en arrière et de haut en bas, jusqu'à ce qu'il sente la valise tomber. Il sentit ensuite la terre s'effondrer par-dessus.

Mais ce n'était pas un gros éboulement. Lorsqu'il s'agenouilla au fond du trou, il s'aperçut que seule une faible quantité de terre était tombée.

Il dégagea la terre avec les mains jusqu'à ce qu'il trouve la poignée de cuir, puis il tira la valise vers lui.

— Je l'ai ! s'exclama-t-il.

Elle était lourde. Il la tendit à Zéro.

— T'as réussi, dit Zéro en prenant la valise.

— *On* a réussi, dit Stanley.

Il rassembla les forces qui lui restaient et essaya de se hisser hors du trou. Mais soudain, une lumière éclatante jaillit devant ses yeux.

— Merci, dit la voix du Directeur. Vous m'avez été d'un grand secours, tous les deux.

45

Le rayon de la lampe torche n'était pas dirigé sur Stanley, mais sur Zéro, accroupi au bord du trou. Il avait la valise sur les genoux.

Mr Pendanski tenait la torche. Debout à côté de lui, Mr Monsieur pointait son pistolet dans la même direction que le rayon lumineux. Mr Monsieur, pieds et torses nus, n'était vêtu que d'un pantalon de pyjama.

Le Directeur s'avança vers Zéro. Elle aussi était en tenue de nuit, simplement vêtue d'un très long T-shirt. À la différence de Mr Monsieur, elle avait chaussé ses bottes.

Mr Pendanski était le seul entièrement habillé. Peut-être était-il de garde.

Au loin, Stanley vit deux autres lampes torches dont la lueur, dirigée sur eux, se balançait dans l'obscurité. Au fond de son trou, il se sentait complètement désarmé.

– Vous êtes arrivés juste au bon… commença le Directeur.

Elle s'interrompit et s'immobilisa. Puis elle se mit à reculer lentement.

Un lézard s'était glissé sur le couvercle de la valise. Ses gros yeux rouges scintillaient dans le rayon de la torche. Il avait la gueule ouverte et Stanley voyait sa langue blanche pointer dans un mouvement de va-et-vient entre ses dents noires.

Zéro était aussi immobile qu'une statue.

Un second lézard rampa sur le côté de la valise et s'arrêta à deux centimètres du petit doigt de Zéro.

Stanley avait peur de regarder autant que de ne pas regarder. Il se demanda s'il ne ferait pas mieux d'essayer de s'extraire de son trou avant que les lézards ne s'inté-ressent à lui, mais il ne voulait pas créer d'agitation.

Le deuxième lézard rampa sur les doigts de Zéro, puis remonta le long de son avant-bras, jusqu'au coude.

Stanley songea que les lézards étaient sans doute déjà sur la valise lorsqu'il l'avait donnée à Zéro.

– Il y en a un autre! dit Mr Pendanski, la voix haletante.

Il braqua le rayon de la torche sur la boîte de céréales au sucre posée au bord du trou. Un lézard était en train d'en sortir.

La lumière de la torche illumina également le trou de Stanley. Celui-ci baissa les yeux et dut se faire vio-lence pour ne pas hurler. Il se tenait debout au milieu d'un nid de lézards. Stanley sentit le hurlement explo-ser en lui.

Il voyait six lézards, trois sur le sol, deux sur sa jambe gauche, un sur sa chaussure droite.

Il essaya de rester parfaitement immobile. Quelque chose rampait sur sa nuque.

Trois autres conseillers d'éducation s'approchèrent. Stanley en entendit un dire :

— Qu'est-ce qui...

Puis murmurer :

— Mon Dieu...

— Qu'est-ce qu'on fait ? demanda Mr Pendanski.

— On attend, dit le Directeur. Il n'y en aura pas pour longtemps.

— Au moins, on aura un cadavre à donner à cette femme, dit Mr Pendanski.

— Elle va poser beaucoup de questions, dit Mr Monsieur. Et cette fois-ci, elle aura la justice avec elle.

— Laissez-la donc poser des questions, dit le Directeur. Du moment que j'ai la valise, je me fiche de ce qui peut arriver. Vous savez combien de temps...

Sa voix faiblit. Elle s'interrompit, puis reprit :

— Quand j'étais petite, je voyais mes parents creuser des trous tous les week-ends et pendant les vacances. Quand j'ai grandi, moi aussi, il a fallu que je creuse, même le jour de Noël.

Stanley sentit des griffes minuscules s'enfoncer dans sa joue tandis que le lézard se hissait au-dessus de son menton.

— Il n'y en aura pas pour longtemps, répéta le Directeur.

Stanley entendait son cœur battre. Chaque battement lui indiquait qu'il était encore vivant, pendant au moins une seconde de plus.

46

Cinq cents secondes plus tard, son cœur battait toujours.

Mr Pendanski poussa un hurlement. Le lézard qui était entré dans la boîte de céréales avait sauté sur lui.

Mr Monsieur tira un coup de feu.

Stanley sentit la détonation agiter l'air autour de lui. Les lézards se mirent à courir frénétiquement sur son corps parfaitement immobile. Il ne fit pas le moindre geste. L'un d'eux passa sur ses lèvres closes.

Il jeta un coup d'œil à Zéro et croisa son regard. D'une certaine manière, ils étaient toujours vivants tous les deux, pour une seconde, en tout cas, le temps d'un battement de cœur.

Mr Monsieur alluma une cigarette.

— Je croyais que tu ne fumais plus, dit l'un des autres conseillers.

— Parfois, les graines de tournesol ne suffisent plus.

Il tira une longue bouffée de sa cigarette.

— Je vais faire des cauchemars pour le reste de mes jours.

— On devrait peut-être tous les descendre, suggéra Mr Pendanski.

— Qui ? demanda un conseiller. Les lézards ou les mômes ?

Mr Pendanski eut un rire sinistre.

— De toute façon, les mômes vont mourir.

Il rit à nouveau.

— Au moins, on a l'embarras du choix pour leur trouver une tombe.

— On a le temps, dit le Directeur. J'ai attendu jusqu'à maintenant, je peux encore attendre un peu…

Sa voix faiblit.

Stanley sentit un lézard entrer dans sa poche puis en ressortir.

— On va mettre au point une version très simple, dit le Directeur. Cette femme va poser beaucoup de questions. L'A.G.* va sûrement ordonner une enquête. Alors, voilà ce qu'il faudra dire : Stanley a essayé de s'enfuir en pleine nuit, il est tombé dans un trou et les lézards l'ont mordu. C'est tout. On ne leur donnera pas le corps de Zéro. Zéro n'existe pas. Comme a dit M'man, on a l'embarras du choix pour lui trouver une tombe.

— Pourquoi aurait-il pris la fuite s'il savait qu'il allait être remis en liberté aujourd'hui ? demanda Mr Pendanski.

— Qui peut le savoir ? Il est fou. C'est pour ça qu'on n'a pas pu le libérer hier. Il délirait et nous avons dû le surveiller pour éviter qu'il se fasse du mal ou qu'il en fasse à quelqu'un d'autre.

---

* Attorney général : aux États-Unis, responsable de la justice dans le gouvernement d'un État.

– Ça ne va pas du tout plaire à cette femme, dit Mr Pendanski.

– Quoi qu'on lui dise, ça ne lui plaira pas, répliqua le Directeur.

Elle regarda Zéro et la valise.

– Comment ça se fait que tu ne sois pas encore mort, toi ? s'étonna-t-elle.

Stanley n'écoutait qu'à moitié leur conversation. Il ne savait pas qui était « cette femme » ou ce que signifiait « l'A.G. ». Il ne se rendait même pas compte qu'il s'agissait d'initiales. Il pensait qu'ils voulaient dire : « l'Âgé ». Son esprit était concentré sur les griffes minuscules qu'il sentait se déplacer sur sa peau et dans ses cheveux.

Il essaya de penser à autre chose. Il ne voulait pas mourir avec l'image du Directeur, de Mr Monsieur et des lézards, imprimée dans son cerveau. Il pensa plutôt au visage de sa mère.

Sa mémoire le ramena à une époque où il était tout petit, emmitouflé dans une combinaison de ski. Sa mère et lui marchaient main dans la main, moufle dans la moufle, lorsque tous deux glissèrent sur une plaque de glace, tombèrent et roulèrent sur la pente d'une colline couverte de neige. Ils avaient fini leur course au bas de la colline. Il se souvint qu'il avait failli pleurer, mais qu'il avait fini par éclater de rire. Sa mère aussi avait éclaté de rire.

Il retrouva l'impression de vertige qu'il avait éprouvée ce jour-là, quand il s'était senti tout étourdi d'avoir dévalé la colline. Il sentait à nouveau la neige glacée lui picoter l'oreille. Il revoyait les flocons accrochés au visage luisant et joyeux de sa mère.

C'était là qu'il avait envie d'être quand il mourrait.

— Hé, l'Homme des cavernes, tu sais quoi? dit Mr Monsieur. Finalement, tu es innocent. Je pensais que ça te ferait plaisir de le savoir. Ton avocat est venu te chercher hier. Dommage que tu n'aies pas été là.

Ses paroles n'avaient pas de sens aux oreilles de Stanley qui était toujours dans la neige. Sa mère et lui avaient remonté la colline et avaient à nouveau roulé jusqu'au bas de la pente, exprès cette fois. Ensuite, ils avaient bu du chocolat chaud et mangé plein de marshmallows fondus.

— Il va bientôt être quatre heures et demie, dit Mr Pendanski. Ils vont se réveiller.

Le Directeur ordonna aux conseillers de retourner dans leurs tentes, de servir le petit-déjeuner aux pensionnaires du camp et de s'assurer qu'ils ne parleraient pas. Tant qu'ils feraient ce qu'on leur disait, ils n'auraient plus à creuser de trous. S'ils parlaient, ils seraient sévèrement punis.

— Qu'est-ce qu'on doit leur promettre, comme punition? demanda un conseiller.

— Laissez donc leur imagination travailler, répondit le Directeur.

Stanley regarda les conseillers reprendre le chemin de leurs tentes, laissant derrière eux le Directeur et Mr Monsieur. Il savait que le Directeur ne se soucierait plus de faire creuser des trous. Elle avait trouvé ce qu'elle cherchait.

Il lança un regard à Zéro. Un lézard était perché sur son épaule.

Zéro restait parfaitement immobile, mais sa main droite se serra lentement en un poing. Il leva alors le pouce pour faire signe à Stanley que tout allait bien.

Stanley repensa à ce que Mr Monsieur lui avait dit un peu plus tôt et aux bribes de conversation qu'il avait saisies. Il essaya d'en comprendre le sens. Mr Monsieur avait parlé d'un avocat, mais Stanley savait que ses parents n'avaient pas les moyens d'en payer un.

Ses jambes lui faisaient mal d'être demeurées si longtemps raides. Rester debout sans bouger était beaucoup plus fatiguant que de marcher. Dans un mouvement très lent, il s'appuya contre le bord du trou.

Les lézards ne semblèrent pas s'en soucier.

47

Le soleil s'était levé et le cœur de Stanley continuait de battre. Il y avait huit lézards dans le trou avec lui. Chacun d'entre eux avait exactement onze taches jaunes sur le dos.

Le manque de sommeil avait creusé des cernes sombres sous les yeux du Directeur. Elle avait aussi sur le front et le visage des rides qu'accentuait la lumière crue du matin. Sa peau semblait marbrée.

— Satan, dit Zéro.

Stanley le regarda. Il ne savait pas très bien si Zéro avait véritablement parlé ou s'il s'agissait d'un effet de son imagination.

— Pourquoi n'essaieriez-vous pas de prendre la valise à Zéro? suggéra le Directeur.

— Oui, c'est ça, répondit Mr Monsieur.

— Il est évident que les lézards n'ont pas faim, fit remarquer le Directeur.

— Dans ce cas, prenez donc la valise vous-même, dit Mr Monsieur.

Ils attendirent.

— Sa-tan-lé, dit Zéro.

Un peu plus tard, Stanley vit une tarentule avancer par terre, pas très loin de son trou. Il n'avait encore jamais vu de tarentule, mais il ne pouvait y avoir aucun doute, c'en était bien une. Pendant un moment, il l'observa, fasciné par son gros corps velu qui se déplaçait lentement, régulièrement.

— Regardez, une tarentule, dit Mr Monsieur, lui aussi fasciné par le spectacle.

— Je n'en avais jamais vu, dit le Directeur. Sauf à…

Stanley sentit soudain une douleur dans le cou.

Mais le lézard ne l'avait pas mordu. Il prenait simplement son élan.

Le lézard sauta du cou de Stanley et se jeta sur la tarentule. Stanley ne vit bientôt plus qu'une patte velue qui sortait de sa gueule.

— Ils n'ont pas faim, hein? commenta Mr Monsieur.

Stanley essaya de retourner dans la neige, mais c'était plus difficile d'y arriver quand le soleil était là.

À mesure que le soleil s'élevait dans le ciel, les lézards descendaient vers le fond du trou, pour rester à l'ombre. Stanley n'en avait plus sur la tête et les épaules. Ils étaient à présent sur son ventre, ses jambes et ses pieds.

Il ne voyait plus de lézards sur Zéro, mais il pensait qu'il y en avait deux entre ses genoux, abrités du soleil par la valise.

— Comment ça va? demanda Stanley à voix basse.

Sa voix était sèche et rauque.

— Je ne sens plus mes jambes, dit Zéro.

— Je vais essayer de sortir du trou, dit Stanley.

Alors qu'il tentait de se hisser à la force de ses bras, il sentit une griffe s'enfoncer dans sa cheville. Il se laissa très doucement retomber.

— Est-ce que ton nom, c'est ton prénom à l'envers? demanda Zéro.

Stanley le regarda d'un air stupéfait. Avait-il passé la nuit à travailler là-dessus?

Il entendit des voitures qui approchaient.

Mr Monsieur et le Directeur les avaient également entendues.

— Vous croyez que c'est eux? demanda le Directeur.

— Ce ne sont sûrement pas des Girl Scouts qui viennent vendre des cookies, dit Mr Monsieur.

Stanley entendit les voitures s'arrêter, les portières s'ouvrir et se refermer en claquant. Quelques instants plus tard, il vit Mr Pendanski traverser le lac en compagnie de deux inconnus. L'un était un homme de haute taille, en costume-cravate, coiffé d'un chapeau de cow-boy. L'autre était une petite femme qui tenait une mallette à la main. Chaque fois que l'homme faisait un pas, la petite femme devait en faire trois pour rester à sa hauteur.

— Stanley Yelnats? appela-t-elle en se détachant du groupe.

— Je vous conseille de ne pas vous approcher, dit Mr Monsieur.

— Vous ne pourrez pas m'arrêter, répliqua-t-elle sèchement.

Mr Monsieur portait toujours son pantalon de

pyjama, sans rien d'autre, et la femme le toisa dans son étrange tenue.

— On va te sortir de là, Stanley, dit-elle. Ne t'inquiète pas.

Elle avait le type hispanique avec des cheveux noirs et raides et des yeux sombres. Elle parlait avec un léger accent mexicain, roulant les «r».

— Que se passe-t-il donc ici? s'exclama l'homme de haute taille qui arrivait derrière elle.

La femme s'en prit à lui.

— Je vous préviens tout de suite, dit-elle, si jamais on lui fait le moindre mal, nous porterons plainte non seulement contre Ms Walker et le Camp du Lac vert mais également contre l'État du Texas. Mauvais traitement à enfant. Emprisonnement arbitraire. Torture.

L'homme la dépassait d'une bonne tête et pouvait facilement regarder par-dessus elle pour parler au Directeur.

— Depuis combien de temps sont-ils là? demanda-t-il.

— Toute la nuit, comme vous pouvez en juger à la façon dont nous sommes habillés. Ils se sont introduits dans ma cabane pendant que je dormais et m'ont volé ma valise. Je leur ai couru après, ils se sont enfuis et sont tombés dans un nid de lézards. Je ne sais pas ce qu'ils avaient en tête.

— C'est pas vrai! s'exclama Stanley.

— Stanley, en tant qu'avocate, je te conseille de ne rien dire tant que nous n'aurons pas eu la possibilité de nous entretenir en privé, intervint la femme.

Stanley se demanda pourquoi le Directeur mentait à propos de la valise. Il se demanda à qui elle appartenait légalement. C'était l'une des questions qu'il voulait poser à son avocate, si elle était vraiment son avocate.

— C'est un miracle qu'ils soient toujours vivants, dit l'homme.

— En effet, admit le Directeur avec une nuance de déception dans la voix.

— Et j'espère pour vous qu'ils vont s'en sortir vivants, avertit l'avocate de Stanley. Tout cela ne se serait pas produit si vous me l'aviez remis hier.

— Ça ne se serait pas produit si ce n'était pas un voleur, dit le Directeur. Je lui ai annoncé qu'il allait être libéré aujourd'hui et j'imagine qu'il a essayé d'emporter quelques-uns de mes objets de valeur avec lui. Il a passé toute la semaine à délirer.

— Pourquoi ne l'avez-vous pas libéré quand elle est venue vous voir hier? demanda l'homme de haute taille.

— Elle n'avait pas les papiers nécessaires, répondit le Directeur.

— J'avais un ordre du tribunal! protesta la femme.

— Il n'était pas authentifié, dit le Directeur.

— Authentifié? Il était signé par le juge qui l'a condamné!

— Il fallait qu'il soit authentifié par l'attorney général, dit le Directeur. Comment voulez-vous que je sois sûre qu'il s'agisse d'un document légal? Les garçons dont j'ai la charge ont donné la preuve qu'ils représentaient un danger pour la société. Est-ce qu'il faudrait que je les relâche chaque fois que quelqu'un me montre un bout de papier?

— Oui, s'il s'agit d'un ordre du tribunal, répliqua la femme.

— Stanley a été hospitalisé, ces derniers jours, expliqua le Directeur. Il souffrait d'hallucinations et de délire. Il passait son temps à divaguer. Il n'était pas en état de partir d'ici. Le fait qu'il ait essayé de me voler quelque chose la veille de sa libération prouve que…

Stanley essaya de sortir de son trou en se servant surtout de ses bras pour ne pas trop déranger les lézards. Tandis qu'il se hissait sur le bord, les lézards descendaient vers le fond, à l'abri du soleil. Il balança les jambes hors du trou et le dernier des lézards sauta à terre.

— Dieu merci! s'exclama le Directeur.

Elle s'avança vers lui, puis s'immobilisa.

Un autre lézard venait de sortir de la poche de Stanley et descendait le long de sa jambe pour regagner le sol.

Stanley fut pris d'un accès de vertige et faillit tomber. Il parvint cependant à conserver son équilibre, puis se pencha, prit Zéro par le bras et l'aida à se relever lentement. Zéro tenait toujours la valise.

Les lézards qui s'étaient cachés dessous se précipitèrent en direction du trou.

Stanley et Zéro s'éloignèrent d'un pas chancelant.

Le Directeur se rua sur eux. Elle serra Zéro dans ses bras.

— Dieu merci, tu es vivant, dit-elle en essayant de lui prendre la valise des mains.

D'une secousse, il se dégagea.

— Elle appartient à Stanley, dit-il.

— Je t'en prie, n'aggrave pas ton cas, avertit le Directeur. Tu as volé cette valise dans ma cabane et tu as été pris la main dans le sac. Si je porte plainte, Stanley devra peut-être retourner en prison. Mais étant donné les circonstances, je veux bien...

— Son nom est écrit dessus, dit Zéro.

L'avocate de Stanley poussa l'homme de haute taille pour venir voir.

— Regardez, dit Zéro en lui montrant la valise. Stanley Yelnats.

Stanley regarda à son tour. Là, en grosses lettres noires, il était véritablement écrit: STANLEY YELNATS.

L'homme regarda par-dessus les têtes des autres.

— Vous prétendez qu'il a volé cette valise dans votre cabane? dit-il.

Le Directeur contempla la valise d'un air incrédule.

— C'est im... imposs... c'est imposs...

Elle fut incapable de prononcer le mot.

48

À pas lents, ils retournèrent au camp. L'homme de haute taille était l'attorney général du Texas, la plus haute autorité judiciaire de tout l'État. L'avocate de Stanley s'appelait Ms Morengo.

C'était Stanley qui portait la valise. Il était tellement épuisé qu'il n'arrivait plus à avoir les idées claires. Il avait l'impression de marcher dans un rêve, sans parvenir à comprendre ce qui se passait autour de lui.

Ils s'arrêtèrent devant le bureau du camp. Mr Monsieur entra à l'intérieur pour aller chercher les affaires de Stanley. L'attorney général demanda à Mr Pendanski d'apporter quelque chose à manger et à boire aux deux garçons.

Le Directeur avait l'air aussi abasourdi que Stanley.

— Tu ne sais même pas lire, dit-elle à Zéro.

Zéro ne répondit rien.

Ms Morengo posa une main sur l'épaule de Stanley et lui dit de ne pas s'en faire. Il allait bientôt voir ses parents.

Elle était plus petite que Stanley mais donnait l'impression d'être grande.

Mr Pendanski revint avec deux cartons de jus d'orange et deux pains ronds. Stanley but le jus d'orange, mais il n'avait pas faim.

— Attendez! s'exclama soudain le Directeur. Je n'ai pas dit qu'ils ont volé la valise. C'est sa valise, de toute évidence, mais il y a mis des choses qu'il a volées dans ma cabane.

— Ce n'est pas ce que vous avez dit tout à l'heure, fit remarquer Ms Morengo.

— Qu'est-ce qu'il y a dans la valise? demanda le Directeur à Stanley. Dis-nous ce qu'elle contient, ensuite nous l'ouvrirons et nous verrons bien!

Stanley ne savait pas quoi faire.

— Stanley, en tant qu'avocate, je te conseille de ne pas ouvrir ta valise, dit Ms Morengo.

— Il faut qu'il l'ouvre! protesta le Directeur. J'ai le droit de vérifier les objets personnels de chacun des détenus. Qui me dit qu'il n'y a pas des armes ou de la drogue là-dedans? Il a volé une voiture, aussi! J'ai des témoins!

Elle était devenue presque hystérique.

— Il n'est plus sous votre juridiction, dit l'avocate de Stanley.

— Il n'a pas été libéré officiellement, objecta le Directeur. Stanley, ouvre cette valise!

— Ne l'ouvre pas, dit l'avocate.

Stanley ne bougea pas.

Mr Monsieur ressortit du bureau avec le sac à dos de Stanley et ses vêtements.

L'attorney général tendit à Ms Morengo une feuille de papier.

— Vous êtes libre, dit-il à Stanley. Je sais que vous avez hâte de sortir d'ici, vous pouvez donc garder le survêtement orange en souvenir. Ou le brûler, comme il vous plaira. Bonne chance, Stanley.

Il tendit la main pour serrer la sienne, mais Ms Morengo entraîna Stanley avec elle.

— Viens, Stanley, dit-elle. On a beaucoup de choses à se dire.

Stanley s'arrêta et se retourna pour regarder Zéro. Il ne pouvait pas le laisser comme ça.

Zéro leva le pouce.

— Je ne peux pas abandonner Hector, dit Stanley.

— Nous ferions bien d'y aller, dit l'avocate d'un ton empressé.

— Tout ira bien, assura Zéro.

Son regard se tourna vers Mr Pendanski, qui se tenait à côté de lui, puis vers le Directeur et enfin vers Mr Monsieur qui se trouvait de l'autre côté.

— Je ne peux rien faire pour ton ami, dit Ms Morengo. Tu es libéré suite à une décision du juge.

— Ils vont le tuer, dit Stanley.

— Ton ami ne court aucun danger, dit l'attorney général. Il va y avoir une enquête sur tout ce qui s'est passé ici. Pour l'instant, c'est moi qui prends en charge l'organisation de ce camp.

— Viens, Stanley, dit son avocate. Tes parents t'attendent.

Stanley resta où il était.

Son avocate soupira.

— Est-ce que je peux voir le dossier d'Hector ? demanda-t-elle.

— Certainement, dit l'attorney général. Ms Walker, allez chercher le dossier d'Hector.

Elle le regarda d'un œil vide.

— Eh bien?

Le Directeur se tourna vers Mr Pendanski.

— Apportez-moi le dossier d'Hector Zéroni, dit-elle.

Mr Pendanski la regarda fixement.

— Vite, allez le chercher! ordonna-t-elle.

Mr Pendanski entra dans le bureau. Il en ressortit quelques minutes plus tard en annonçant qu'apparemment, le dossier n'était pas là.

L'attorney général était outré.

— Qu'est-ce que c'est que cette organisation, Ms Walker?

Le Directeur ne répondit rien. Elle avait les yeux fixés sur la valise.

L'attorney général assura à l'avocate de Stanley qu'il allait s'occuper lui-même d'obtenir le dossier.

— Veuillez m'excuser, je vais appeler mon bureau.

Il se tourna vers le Directeur.

— J'espère que le téléphone fonctionne, dit-il.

Il entra dans le bureau en claquant la porte derrière lui. Quelques instants plus tard, il en ressortit et dit au Directeur qu'il souhaitait lui parler.

Elle poussa un juron et le suivit dans le bureau.

Stanley leva le pouce en direction de Zéro.

— Tiens, l'Homme des cavernes, c'est bien toi?

Il se retourna et vit Aisselle et Calamar qui sortaient de la salle de destruction. Calamar cria aussitôt vers l'intérieur de la salle:

– L'Homme des cavernes et Zéro sont là !

Bientôt, les membres du groupe D formèrent un cercle autour d'eux.

– Ça fait plaisir de te voir, vieux, dit Aisselle en serrant la main de Stanley. On pensait que tu t'étais fait manger par les busards.

– Stanley a été libéré aujourd'hui, dit Mr Pendanski.

– Bravo, bien joué ! dit Aimant en lui donnant une tape sur l'épaule.

– Tu n'as même pas eu besoin de marcher sur un serpent à sonnette, dit Calamar.

Même Zigzag serra la main de Stanley.

– Désolé pour... tu sais...

– Pas de problèmes, dit Stanley.

– Il a fallu sortir le camion du trou, lui raconta Zigzag. On s'y est tous mis, les groupes C, D et E. Et on a réussi à le remettre debout.

– C'était marrant, dit Tic.

X-Ray fut le seul à ne pas s'approcher de lui. Stanley vit qu'il restait derrière les autres, puis, au bout d'un moment, il retourna dans la salle de destruction.

– Tu sais quoi ? dit Aimant en jetant un regard à Mr Pendanski. M'man nous a dit qu'on n'aurait plus besoin de creuser des trous.

– Formidable, dit Stanley.

– Tu pourrais me rendre un service ? demanda Calamar.

– Sans doute, répondit Stanley, un peu hésitant.

– Je voudrais que tu...

Il se tourna vers Ms Morengo.

— Hé, Madame, vous auriez un papier et un stylo à me prêter?

Elle lui donna ce qu'il demandait et Calamar griffonna un numéro de téléphone qu'il donna à Stanley.

— Tu veux bien appeler ma mère pour moi? Dis-lui que... Dis-lui que je suis désolé. Dis-lui que Alan a dit qu'il était désolé.

Stanley promit qu'il le ferait.

— Et fais bien attention quand tu seras revenu dans le monde réel, dit Aisselle. Tu trouveras pas toujours des gens aussi sympas que nous.

Stanley sourit.

Les garçons s'en allèrent quand le Directeur sortit du bureau. L'Attorney général se tenait derrière elle.

— Mes collaborateurs ont quelques difficultés à retrouver le dossier d'Hector Zéroni, dit-il.

— Donc, vous ne pouvez prétendre à aucune autorité sur lui? répondit Ms Morengo.

— Je n'ai pas dit ça. Il figure dans les ordinateurs, mais nous n'arrivons pas à accéder à son dossier. On dirait qu'il est tombé dans un trou du cyberespace.

— Un trou du cyberespace, répéta Ms Morengo. Comme c'est intéressant! À quelle date doit-il être libéré?

— Je ne sais pas.

— Depuis combien de temps est-il ici?

— Comme je vous l'ai dit, nous n'arrivons pas à...

— Dans ce cas, qu'est-ce que vous comptez faire de lui? Le maintenir indéfiniment en détention, sans aucune justification, pendant que vous fouillerez dans les trous du cyberespace?

L'attorney général la regarda fixement.

— S'il a été incarcéré, il y a sûrement une raison.

— Vraiment? Et quelle était donc cette raison?

L'attorney général ne répondit rien.

L'avocate de Stanley prit alors la main de Zéro.

— Viens, Hector, dit-elle, tu pars avec nous.

49

Il n'y avait jamais eu de lézards à taches jaunes dans la ville du Lac vert. Ils n'étaient venus dans la région qu'après que le lac se fut asséché. Mais les habitants de la ville avaient déjà entendu parler des «monstres aux yeux rouges» qui vivaient dans les collines du désert.

Un après-midi, Sam, le vendeur d'oignons, accompagné de Mary Lou, son ânesse, revenait vers son bateau ancré un peu à l'écart du rivage. C'était la fin du mois de novembre et les pêchers avaient presque entièrement perdu leurs feuilles.

— Sam! appela quelqu'un.

Il se retourna et vit trois hommes qui couraient derrière lui en agitant leurs chapeaux. Il les attendit.

— Bonjour, Walter, dit-il. Salut, Bo, salut, Jesse.

Ils le rejoignirent en marchant, le souffle court.

— Content qu'on soit tombés sur toi, dit Bo. On va chasser le serpent à sonnette, demain matin.

— On voudrait un peu de ton jus de lézard, dit Walter.

— Aucun serpent à sonnette ne me fait peur, assura Jesse, mais je n'ai pas du tout envie de me retrouver devant un de ces monstres aux yeux rouges. Un jour, j'en ai vu un et ça m'a suffi. J'avais entendu parler des yeux rouges, mais je n'étais pas au courant des longues dents noires.

— Moi, c'est la langue blanche qui ne me plaît pas, dit Bo.

Sam donna à chacun deux bouteilles de jus d'oignon pur. Il leur recommanda d'en boire une bouteille avant d'aller se coucher, puis une demi-bouteille le lendemain matin et ensuite une demi-bouteille à l'heure du déjeuner.

— Tu es sûr que ça marche? demanda Walter.

— Je vais te dire quelque chose, répondit Sam, si ça marche pas, tu peux revenir la semaine prochaine et je te rembourserai.

Walter le regarda d'un air perplexe tandis que Bo et Jesse éclataient de rire. Sam éclata de rire à son tour. Même Mary Lou lança pour une fois un hi-han sonore.

— Souvenez-vous, dit Sam aux trois hommes, c'est très important d'en boire une bouteille ce soir. Il faut que ça pénètre dans le sang. Les lézards détestent le sang aux oignons.

Stanley et Zéro étaient assis à l'arrière de la BMW de Ms Morengo. La valise était posée entre eux sur le siège. Elle était fermée à clé et ils avaient décidé de demander au père de Stanley d'essayer de l'ouvrir dans son atelier.

— Tu ne sais pas ce qu'il y a dedans, n'est-ce pas? demanda l'avocate.

— Non, répondit Stanley.

— C'est bien ce que je pensais.

La climatisation était branchée mais ils roulaient avec les fenêtres ouvertes parce que :

— Sans vouloir vous vexer, vous ne sentez pas très bon, tous les deux.

Ms Morengo leur expliqua qu'elle était spécialisée dans les questions de propriété industrielle.

— J'aide ton père pour le nouveau produit qu'il a inventé. Et comme il m'a un peu parlé de toi, j'ai fait une petite enquête. Les baskets de Clyde Livingston ont été volées un peu avant 15 h 15. Et j'ai trouvé un jeune homme du nom de Derrick Dunne qui m'a dit qu'à 15 h 20, tu étais en train de récupérer ton cahier au fond des toilettes. Deux filles se souvenaient de t'avoir vu sortir des toilettes des garçons avec un cahier trempé.

Stanley sentit ses oreilles rougir. Même après tout ce qui s'était passé depuis, l'évocation de cet épisode provoquait en lui la même honte.

— Tu ne pouvais donc pas les avoir volées, dit Ms Morengo.

— Ce n'est pas lui qui les a volées, c'est moi, dit Zéro.

— C'est toi qui as fait quoi ? demanda Ms Marengo.

— C'est moi qui ai volé les baskets.

L'avocate se retourna vers lui tout en conduisant et le regarda.

— Je n'ai pas entendu ce que tu viens de dire, lança-t-elle, et je te conseille de faire en sorte que je ne l'entende plus jamais.

— Qu'est-ce qu'il a inventé, mon père ? demanda Stanley. Est-ce qu'il a trouvé le moyen de recycler les vieilles baskets ?

— Non, il travaille toujours là-dessus, répondit Ms Morengo. Mais il a inventé un produit qui élimine les odeurs de pieds. J'en ai un échantillon dans ma mallette. J'aimerais bien en avoir davantage. Vous pourriez vous baigner dedans, tous les deux.

Elle ouvrit sa mallette d'une main et donna un flacon à Stanley. Le produit qu'il contenait dégageait une odeur fraîche et épicée. Stanley donna le flacon à Zéro.

— Comment ça s'appelle? demanda Stanley.

— On n'a pas encore trouvé de nom, répondit Ms Morengo.

— Je connais cette odeur, dit Zéro.

— Ça sent la pêche, c'est ça? demanda Ms Morengo. C'est ce que tout le monde dit.

Quelques instants plus tard, Stanley et Zéro s'endormirent. Derrière eux, le ciel s'était assombri et, pour la première fois depuis un siècle, une goutte d'eau tomba sur le lac vide.

TROISIÈME PARTIE

Pour combler les trous

50

La mère de Stanley ne voulait pas en démordre : cette histoire de malédiction n'avait jamais existé. Elle doutait même que l'arrière-arrière-grand-père de Stanley eût jamais volé un cochon. Toutefois, le lecteur sera peut-être intéressé par le fait que le père de Stanley découvrit son produit contre les odeurs de pieds le jour où l'arrière-arrière-petit-fils d'Elya Yelnats avait porté l'arrière-arrière-arrière-petit-fils de Madame Zéroni au sommet de la montagne.

L'attorney général fit fermer le Camp du Lac vert. Miss Walker, qui avait désespérément besoin d'argent, dut vendre la terre qui avait appartenu à sa famille pendant des générations. Elle fut achetée par une organisation nationale qui se consacrait au bien-être des jeunes filles. Le Camp du Lac vert allait devenir un camp de Girl Scouts.

Voilà à peu près la fin de l'histoire. Le lecteur a peut-être quelques questions à poser, malheureusement, à partir de maintenant, toutes les réponses aux questions risquent fort d'être longues et ennuyeuses. Alors que Mrs Bell, l'ancien professeur de mathématiques de Stanley, aurait peut-être voulu savoir dans quelle proportion le poids de Stanley s'était modifié, le lecteur s'intéressera sans doute davantage aux modifications de son caractère. Mais ces changements sont subtils et difficiles à mesurer. La réponse ne serait pas simple.

Même le contenu de la valise avait quelque chose d'ennuyeux. Le père de Stanley parvint à en forcer la serrure dans son atelier et, au début, tout le monde resta muet en contemplant tous ces bijoux étincelants. Stanley pensa aussitôt que Zéro et lui étaient devenus millionnaires. Mais les bijoux étaient de médiocre qualité et ne valaient guère plus de vingt mille dollars.

Sous les bijoux, il y avait une pile de papiers qui avaient appartenu autrefois au premier Stanley Yelnats. Il s'agissait essentiellement de titres de Bourse, de certificats d'hypothèque et de billets à ordre. Ils étaient difficiles à lire et encore plus à comprendre. Le cabinet de Ms Morengo mit plus de deux mois à les analyser.

Ils se révélèrent beaucoup plus précieux que les bijoux. Après avoir payé taxes et honoraires, Stanley et Zéro reçurent chacun moins d'un million de dollars.

Mais pas beaucoup moins.

Ce fut suffisant pour que Stanley puisse acheter une nouvelle maison à sa famille, avec un laboratoire dans la cave. Quant à Hector, il engagea une équipe de détectives privés.

Mais il serait ennuyeux de détailler tous les changements qui se produisirent dans leur vie. Il vaut mieux raconter au lecteur une dernière scène qui eut lieu près d'un an et demi après que Stanley et Hector eurent quitté le Camp du Lac vert.

Vous comblerez les trous vous-mêmes.

Il y eut une petite fête dans la maison des Yelnats. En dehors de Stanley et de Zéro, seuls des adultes y assistaient. Toutes sortes de boissons et de petits fours étaient disposés sur les tables, y compris caviar, champagne et tout ce qu'il fallait pour préparer des coupes de glace.

La télévision retransmettait la finale du championnat de football américain, mais personne ne la regardait vraiment.

– Ça devrait venir au prochain écran publicitaire, annonça Ms Morengo.

L'arbitre annonça un temps mort et un spot publicitaire apparut à l'écran.

Tout le monde cessa alors de parler et regarda.

Le spot montrait un match de base-ball. Dans un nuage de poussière, Clyde Livingston arrivait en glissant sur la plaque de but alors que le receveur attrapait la balle et essayait de faire un toucher.

– Sauf! criait l'arbitre en faisant signe avec ses bras.

Les invités applaudirent bruyamment comme s'il avait véritablement marqué un point.

Clyde Livingston se relevait et époussetait ses vêtements. Tandis qu'il revenait vers le banc des joueurs, il se tournait vers la caméra et disait:

— Salut! Mon nom, c'est Clyde Livingston, mais tout le monde m'appelle «Pieds de Velours».

— Bien joué, Pieds de Velours! disait un autre joueur en lui serrant la main.

En plus d'être sur l'écran de la télévision, Clyde Livingston était également assis sur le canapé à côté de Stanley.

— Mais mes pieds n'ont pas toujours été aussi doux que le velours, poursuivait le Clyde Livingston de la télévision en s'asseyant sur le banc des joueurs. Ils sentaient tellement mauvais que personne ne voulait s'asseoir à côté de moi.

— On peut même dire qu'ils puaient terriblement, ajouta une femme assise sur le canapé, de l'autre côté de Clyde.

Elle se boucha le nez d'une main et agita l'autre comme un éventail.

Clyde lui fit signe de se taire.

— Et puis, un de mes coéquipiers m'a parlé de Sploush, reprenait le Clyde de la télévision.

Il sortait alors une bombe aérosol de sous le banc et la tenait devant la caméra pour que tout le monde puisse la voir.

— Une pulvérisation le matin sur chaque pied et maintenant, j'ai vraiment des pieds de velours. Et puis, j'aime bien ce picotement...

— Sploush, disait alors une voix. Un cadeau pour vos pieds. Fabriqué à partir d'ingrédients entièrement naturels, il supprime toutes les odeurs de pieds, provoquées par les mycoses et les bactéries. Et puis vous aimerez tellement ce picotement...

Tous les invités applaudirent.

— Il n'a pas eu besoin de mentir, dit la femme assise à côté de Clyde. Quand il enlevait ses chaussettes, je n'arrivais pas à rester dans la même pièce.

Les invités éclatèrent de rire.

— Je ne plaisante pas, poursuivit la femme, ils sentaient tellement mauvais...

— Bon, ça y est, tu as eu ton petit succès, l'interrompit Clyde en lui couvrant la bouche de sa main.

Il se tourna vers Stanley.

— Tu voudrais bien me rendre un service, Stanley?

Stanley haussa l'épaule gauche.

— Je vais me chercher un peu de caviar, dit Clyde. Tu veux bien mettre la main sur la bouche de ma femme pendant ce temps-là?

Il donna une tape sur l'épaule de Stanley et se leva du canapé.

D'un air indécis, Stanley regarda sa main puis la femme de Clyde Livingston.

Elle lui fit un clin d'œil.

Il se sentit rougir et se tourna vers Hector, assis par terre, devant un gros fauteuil rembourré.

Derrière lui, une femme assise dans le fauteuil lui passait machinalement la main dans les cheveux. Elle n'était pas très âgée, mais sa peau paraissait tannée, presque comme du cuir. Elle avait un regard las, comme si elle avait vu dans sa vie trop de choses qu'elle aurait préféré ne jamais voir. Et lorsqu'elle souriait, sa bouche semblait trop grande pour son visage.

Très doucement, moitié chantant, moitié fredon-

nant, elle chantonnait une chanson qu'elle avait
apprise de sa grand-mère quand elle était petite fille :

> Si seulement, si seulement, mais la lune se tait,
> Reflétant le soleil, le monde et ses secrets.
> Sois fort, mon pauvre loup fourbu, avance, héroïque.
> Et toi, mon jeune oiseau,
> Envole-toi très haut,
> Mon ange, mon unique.